KB078551

권왕강림

무명서생 장편 소설

FUSION FANTASTIC STORY

권왕강림 6

무명서생 장편 소설

초판 1쇄 찍은 날 § 2013년 3월 22일
초판 1쇄 펴낸 날 § 2013년 3월 28일

지은이 § 무명서생
펴낸이 § 서경석

편집부장 § 권태완
편집책임 § 어정원

펴낸곳 § 도서출판 청어람
등록번호 § 제1081-1-89호
등록일자 § 1999. 5. 31
어람번호 § 제1-1574호

주소 § 경기도 부천시 원미구 심곡2동 163-2 서경B/D 3F (우) 420-822
전화 § 032-656-4452 팩스 § 032-656-4453
http://www.chungeoram.com
E-mail § chungeorambook@daum.net

ⓒ 무명서생, 2012

ISBN 978-89-251-3230-3 04810
ISBN 978-89-251-3092-7 (세트)

拳王降臨

권왕무림

6

무명서생 장편 소설

FUSION FANTASTIC STORY

[완결]

CONTENTS

CHAPTER **01**
무너진 전선

하늘은 여전히 검다.

아니, 더욱더 검어졌다.

하늘을 감싸고 있는 검은 구름이 대지를 휘감고 있는 검은 연기가 더욱더 짙어진 것이다.

이제 대지의 거의 모든 곳이 마족의 손아귀에 들어가 있었다.

인간 최후의 보루라고 여기던 카르카손은 무너졌다.

견고한 성이라고 생각했지만 내부로 적이 침투를 하니 어이가 없을 정도로 쉽게 무너졌다.

카이데아스가 직접 카르카손 내부로 강림한 것이다.

상두를 손쉽게 제압한 그는 마치 어린아이가 쌓아놓은 모래성마냥 카르카손을 무너뜨렸다. 물론 인간들의 저항은 있었다.

하나 저항은 무의미했다.

지금까지의 인간의 마지막 남은 힘을 짜내며 항거하는 것을 카이데아스는 그저 비웃으며 지켜만 보고 있었던 것이다. 이제는 더 이상 장난을 치지 않으려는 듯 인간의 마지막 희망을 모두 무너뜨렸다.

그래도 인간은 쉽게 무너지지 않는다. 바퀴벌레 다음으로 끈질 것은 인간의 생명력일 것이다.

대륙의 끝으로 인간은 물러나 있었다. 이제 지휘처는 대륙의 끝이었다.

하지만 이 지휘처는 쓸모가 없었다. 그저 인간의 명맥만 유지하고 있는 것일 뿐.

이제 대부분의 인간이 마계의 압제에 신음하고 있을 뿐이었다.

마계에 넘어간 자들도 있을 것이고 마계에게 항거하며 죽어간 이들도 있을 것이다.

그리고 남은 자들은 이곳 마지막 지휘처로 몰려왔다.

군사회의.

지휘처의 낡은 막사에서 회의가 열렸다.

모여 있는 자들의 표정에는 희망 따위는 찾아볼 수가 없었다.

숨을 쉬지 않으면 시체로 보일 정도였다.

그 중심에는 코르테스가 있었다.

그 역시 다른 기사들처럼 아무런 생각이 없는 듯 멍하니 있을 뿐이었다.

지휘관이라는 자가 아무런 생각을 없으니 기사들 역시 아무런 생각이 없는 것이었다.

이미 이 회의 자체는 소용이 없었다. 하루하루 꺼져 가는 것만 기다리는 다 타버린 촛불과도 같았다.

회의의 내용은 그래도 그나마 희망적이었다.

각지에 퍼져 있는 인간의 게릴라 집단이 승리를 거두고 있다는 소식이었다.

하지만 그것은 계란으로 바위치기. 이런 상황에서는 위로도 되지 않는다. 이미 상황은 위로가 되지 않을 만큼 절망적이었다.

"이제 모두 돌아들 가보시오."

더 이상의 회의는 무의미하여 코르테스는 해산 명령을 내렸다.

그들은 기다렸다는 듯이 모두들 일어나 예를 표하고 밖으로 나섰다.

그리고 그 뒤로 아르페지오만이 남아 있었다.

그녀는 지휘관 코르테스를 바라보았다. 그녀의 눈에는 연민도 있었지만, 약간의 증오도 있었다.

"이게 뭔가요, 아버지."

아르페지오의 물음에 그는 딸을 물끄러미 바라보았다. 하지만 대답하지 않았다. 지금 그에게 대답할 힘은 없었다. 모든 것이 귀찮을 뿐이었다.

하지만 그녀는 아버지의 답이 간절했다.

그는 지휘관이고 그의 결정에 따라 인간의 미래가 달려 있었다.

"그때 결사항전을 했어야 합니다. 이게 뭐예요."

다시금 딸을 물끄러미 바라보고 있는 코르테스의 입이 열렸다.

"그럼 어떻게 하란 말이냐. 그대로 모두 죽어서 마계의 세상으로 만들자는 것이냐?"

그의 말도 틀리지는 않았다. 일단은 어떻게든 살아남아야만 기회를 얻을 수도 있을 것이다. 하지만 이렇게 구차한 삶을 살아가는 것은 사는 것이 아닐 수도 있었다.

"이렇게 숨만 쉬고 있다고 인간의 세상이에요? 우리는 이미 죽은 거나 다름이 없어요!"

"하지만!"

코르테스는 크게 외쳤다. 그 모습에 아르페지오는 입을 닫았다.

"하지만… 이렇게 살아 있다."

아르페지오는 다시금 한마디 하려고 했지만 코르테스의 말에는 힘이 있었다. 더 이상은 반론은 할 수가 없었다.

"살아만 있다면 언젠가 기회가 올 거다. 기회가……!"

코르테스는 주먹을 쥐고 부르르 떨었다.

그의 눈에는 다시금 불이 붙었다. 아직 그는 포기하지 않았던 것이다.

"살아만 있다고 다가 아니에요."

그녀는 그렇게 말하고 일어나 막사를 빠져나갔다. 그래도 아직까지 아버지는 기백이 남아 있었다. 그것만으로도 그녀는 만족했다.

"후우……."

밖으로 나온 그녀는 한숨을 내쉬며 하늘을 올려다보았다.

"빌어먹을……."

그녀는 여자답지 않은 험한 말을 내뱉었다. 검게 물들어 있는 하늘을 볼 때마다 검은 연기로 자욱한 주변을 볼 때마다 화가 멈추지 않았다.

이것은 마계의 영역이 되었다는 증거.

이제 이 세상은 마계의 것이나 마찬가지였다.

"카논……."

그녀는 상두를 떠올렸다.

대륙의 마지막 남은 희망.

그가 있음으로 상황은 역전이 되리라고 생각이 되었다. 그는 그런 힘을 가지고 있는 자였으니.

하지만 그는 너무할 정도로 쉽게 카이데아스에게 무너졌다. 카논의 힘은 완벽하게 부활하지 않은 카이데아스에게조차 통하지 않았던 것이다.

마지막 순간 그의 사부가 나타나지 않았더라면 죽임을 당했을 것이다.

"그래도 살아 있어……."

그렇다.

그래도 그는 살아 있다. 그가 살아 있는 한 조금이라도 희망의 빛은 있다. 그렇다면 포기할 수는 없다. 포기하면 정말 끝이다.

"제자놈이 돌아올 때는 무척이나 강해져 있을 것이야, 처자. 그러니까 살아남으라고."

떠나기 전 남긴 카논의 사부의 말을 믿고 있었다.

그의 눈빛은 정말로 모든 것을 가능하게 할 것처럼 느껴졌다.

어쩌면 그것은 마지막이라 생각하는 아르페지오 그녀의 미련일지도 모른다.

미련일지라도 지금은 그것에 기대는 것밖에는 그녀가 할 수 있는 것은 없었다.

하지만 그녀는 수동적으로 기다리고만 있을 사람은 아니었다.

그녀는 대륙의 다른 여자들과는 달리 굉장히 능동적인 사람이었다.

"올 때가 됐는데……."

그녀는 주변을 살폈다.

병사들이 무기력하게 앉아 있는 것만 보였다. 보초 따위는 없었다.

그들은 그저 죽기를 기다리고 있는 것과 같았다.

"후우……. 병사들의 모습을 보니 힘이 빠지네. 여튼… 곧 오겠지?"

실은 그녀는 상두를 찾기 위해 사람을 보냈다.

그가 어디에 있는지 알고 있어야 그녀의 속이 시원할 것만 같았던 것이다. 그래야만 이 상황에서 버틸 수가 있을 것만 같았다.

그녀는 초조한 발걸음으로 자신의 막사 앞으로 나아갔다. 들어가지도 못하고 그녀는 앞에서 서성였다.

사람을 보낸 지 보름이 지났다.

보름 이상 동안 돌아오지 않는다면 아마도 보낸 사람은 죽었을지도 모른다.

한참을 기다리니 저 멀리서 검은 로브를 감고 입은 한 남자가 다가왔다.

그는 아르페지오에게 인사했다. 다행히 그는 아무런 상처도 없이 돌아온 것이다.

"일단 보는 눈이 있으니 안으로 들어가지요."

그녀의 말에 그는 고개를 끄덕이며 막사로 들어갔다.

아르페지오는 주변에 사람이 없는 것을 발견하고는 안으로 들어섰다.

"그래, 카논의 행적은 찾았나요?"

그녀는 그가 자리에 앉자마자 다그치듯 물었다.

남자는 고개를 잠시 미소를 보이더니 고개를 끄덕였다. 그의 대답에 그녀의 눈이 커졌다.

"어디에 있던가요?"

그녀의 추궁과도 같은 물음에 입을 열었다.

"베로나 지방에서 행적을 찾았습니다. 하지만 알 수 없는 결계 때문에 들어갈 수가 없었습니다. 결계가 꽤나 고위급이라 나아갈 수가 없었습니다."

그의 말에 그녀는 인상을 찌푸렸다. 기대했던 대답은 아니었던 것이다.

하지만 그래도 그의 행적을 발견했다는 것만으로도 그녀는 안심이 되었다. 생사여부만으로도 그녀의 희망은 커질 수밖에 없었다.

그는 조만간 분명 그녀에게 올 것이고 이 세계를 구해줄 것이다.

그것을 확인한 것만으로도 그녀는 행복했다.

"그럼 이만."

검은 로브의 사내는 예로서 인사하고 막사를 빠져나갔다.

"카논이 살아 있어."

그녀는 카논의 눈이 촉촉하게 젖어갔다.

완전히 꺼져 가는 촛불이라고 생각했던 희망이 이제는 조금은 나아진 것이다.

미친 듯이 절망적인 이 상황에서 한줄기 빛을 본 것만 같았던 것이다.

"공격이다!"

"적의 공격이다!"

마지막 남은 인간의 지휘처 사방에서 경고 함성이 시끄럽게 터져나왔다.

자고 있던 병졸들은 벌떡 일어났다.

그들은 기계적으로 방어구와 무기를 갖추고 빠르게 막사를 빠져나갔다.

밖에서 대기하고 있던 이들은 마지막 힘을 내어 벌떡 일어났다.

모두들 전투태세를 보였다.

진열을 제대로 갖추기는 했지만 얼굴에는 두려움이 가득했다.

두려움은 이윽고 절망감을 가져왔다. 더 이상은 버틸 힘이 없었다. 이대로 주저앉고 싶었던 것이다.

가족을 잃었다.

터전을 잃었다.

나라를 잃었다.

이제 그들에게 남은 것은 없었다.

아무것도 없는 그들은 차라리 이대로 죽는 것이 더 속편할 것이다. 죽음이야말로 그들에게 남은 마지막 희망이리라.

하지만 산목숨 끊는 것이 그리 쉬운가. 막상 죽는다고 생각하니 두려움이 앞서는 것이 사실이었다.

그들은 무기를 들었다.

이러니저러니 해도 지금 할 수 있는 것은 싸움뿐이었다. 싸우다 보면, 살아남다 보면 아무리 절망적인 상황이라고 해도 솟아날 구멍은 분명히 있을 것이다.

모두 모였다.

이제 남은 군사의 숫자는 이천 명 남짓.

카이데아스가 콧바람만 불어도 몰살할 숫자. 지금까지 마족의 공격이 없었기 때문에 버틸 수 있었다.

마족의 숫자는 백여 명 남짓.

이 정도 숫자라면 거의 먹지도 못하고 힘이 남아 있지 않은 이들을 쓰러뜨릴 정도의 숫자는 충분했다.

마족의 모습을 확인한 인간의 군사들은 조금이라도 모았던 용기가 사라졌다.

숫자는 얼마 되지 않았지만 마족에게서 흘러나오는 기운은 인간을 압도하기에 충분했다.

그것을 모를 인간의 지휘관이 아니었다.

"모두들 물러나지 마라!"

코르테스는 큰 소리로 외쳤다.

그의 목소리에는 충분히 위엄이 있었지만 그의 외침이 병사들에게 전달되기는 힘들었다.

이미 그들은 마족들의 위압감에 두려움을 집어삼켰던 것이다.

그저 멍하니 마족들을 바라볼 뿐이었다.

이것은 절망이었다.

이윽고 마족들의 공격이 시작됐다.

의외로 공격은 생각보다 거세지 않았다. 버틸 만했다. 인간들은 이를 악물고 공격을 막아냈다.

덕분에 어느 정도 희망이 다시금 생겼다.

하지만 가랑비에 옷이 젖는다고 했던가.

조금씩 병사들이 쓰러지기 시작했다. 마족들은 인간의 힘에 맞추어 유희를 즐기고 있었던 것뿐이다. 희망은 사라지고 다시 더 큰 절망으로 다가왔다.

순식간에 오백이 넘는 숫자가 다치거나 죽었다.

마족은 전멸을 시킬 수도 있었지만 무슨 의도에서인지 물러났다.

인간들은 안도했다.

오백 명이 다치거나 죽었다. 하지만 살아남은 것이 다행이라고 다들 생각했다.

사람의 마음은 이토록 간사했다.

아르페지오는 물러가는 마족들을 바라보며 이를 빠득 갈았다.

"우리를 가지고 놀아!!"

그녀의 큰 외침에 돌아서는 마족들은 그녀를 비웃기라도 하는 듯 환호성을 내뱉었다.

그녀는 레이피어를 바닥에 던져 꽂고는 막사로 돌아갔다. 돌아가는 그녀는 화를 주체할 수 없는 듯 바닥에 쓰러진 마족의 시체를 발로 걷어찼다.

*　　　*　　　*

"헉… 헉……."

레이피어를 들고 있는 아르페지오는 거친 숨을 내쉰다. 그녀의 맞은편에 서 있는 마족의 군장에게 어떻게든 버티고 있었다.

또다시 공격이 시작되었다.

이번 공격은 여덟 번째. 이제 모든 병사들은 죽었다.

전멸이다.

아버지 코르테스는 일어나지 못할 정도로 당했다.

그나마 그녀만이 이 군장의 공격을 막아낼 수만 있었던 것이다.

마족들은 며칠간 계속 간을 보듯 병사들을 야금야금 죽여나갔다.

그것도 이제는 지겨워졌는지 마족의 군장이 모습을 드러내었다.

처음부터 그는 온 힘을 다해서 인간의 병사를 모두 죽여 없앴다.

아르페지오가 그를 막아서면 뒤에 있던 마족의 병사들이 인간의 병사들을 죽여 없앴다.

"빌어먹을……."

아르페지오도 그의 공격을 막아내는 것만으로도 벅찼다. 어떻게든 이 상황을 타계하려고 했지만 방법이 없었다.

그녀의 장기는 빠른 속도.

속도를 통해 적을 혼란시켜 빠르게 공격을 취하는 것.

하지만 그녀의 속도도 군장 앞에서는 무의미했다. 그의 속도도 아르페지오 못지않았다. 아니, 그녀의 속도를 상회하는 것 같았다.

그녀의 자랑인 빠른 속도도 통하지 않으니 더 이상은 버티기가 힘들었다.

이제 곧 그녀도 무너지리라. 저기 쓰러져 있는 병사들의 시체처럼 널브러지리라.

마족의 군장이 공격을 멈추고 무기를 위로 들었다. 빈틈이 생겨 공격을 할 절호의 찬스.

하지만 그녀는 지금 검을 들어 공격할 힘도 남아 있지 않았다. 지금까지 마족 군장의 강력한 공격을 막아내느라 전신의 힘이 모두 빠진 것이다.

"죽여라……."

그녀는 검을 떨어뜨리고 눈을 감았다.

더 이상 희망은 없다.

상두가 돌아오기까지 기다리려고 했지만 이제는 그럴 수 없었다.

포기하고 싶지 않았지만 이제는 어쩔 수 없었다. 그녀는 최선을 다했다.

"미안해요, 카논. 더 이상 버틸 수가 없어요."

그녀의 눈에서 한 줄기 눈물이 흘러내렸다.

크와아악!!

그녀의 눈물을 비웃기라도 하는 듯 마족의 군장은 표효가 들려왔다.

'이제 끝이구나……'

그녀는 모든 것을 포기했다. 차라리 이렇게 죽는 것이 더 나을지도 모른다.

지금은 산 자가 죽은 자를 부러워하는 말세지말의 모습과 같으니.

하지만…….

크와아아악!!

군장의 비명이 다시 들려온다. 그와 함께 얼굴에 찝찔한 액체가 튀었다. 그녀는 놀라서 눈을 떴다.

"아니……!"

공중으로 떠오르는 군장의 머리를 볼 수가 있었다. 군장의 몸은 비릿한 피를 분수처럼 내뿜더니 쓰러졌다.

그리고 그녀의 앞에 서 있는 하얀 옷을 입은 한 남자.

"카… 카논……?"

그는 바로 카논!

상두였다!

*　　　*　　　*

깎아져 내리는 절벽의 아래.

중간중간 날카로운 금속성 물질도 튀어나와 있는 무시무시한 느낌이었다.

"이 녀석이 나올 때가 되었는데……."

그 절벽 아래에 카논이자 상두인 제자를 기다리는 사부가 서 있었다.

상두를 기다리는 그는 굉장히 초조해 보였다. 입이 바싹 마르는 듯 연신 침을 꿀꺽꿀꺽 삼켰다. 아무래도 이번 상두가 수련하고 있는 방법은 굉장히 위험한 것인 듯했다.

"드디어 나오려는군."

초조한 얼굴이 사라졌다.

그의 눈에 절벽에서 조금씩 갈라지는 것을 발견해낸 것

이다.

절벽은 조금씩 갈라지더니 틈새에서 푸른 빛이 뿜어져 나왔다.

이윽고 빛이 강해지더니 절벽이 콰지직 하는 소리와 함께 지진이 난 것처럼 흔들리기 시작했다.

콰르르르르릉!

천둥소리와 같은 굉음이 울리며 절벽이 반으로 나뉘더니 무너져 내렸다.

흙먼지가 날렸다.

돌가루가 튀었다.

날카로운 금속성 물질도 섞여 날아와 사부의 얼굴이 긁혔지만 그는 괴이치 않았다.

흙먼지가 걷혔다.

"드디어군."

차분한 눈빛의 상두가 모습을 드러냈다.

이곳은 상두가 들어섰던 동굴의 막다른 곳이었던 것이다.

사부는 상두를 물끄러미 바라보았다. 그에게서 흘러나오는 기운을 읽어 그의 능력이 얼마나 늘었는지를 가늠하는 것 같았다.

상두의 기운은 차분하면서도 위세가 있었다. 동굴로 들어가기 이전과 비교했을 때 차이가 눈에 보일 정도였다.

"사부님."

상두는 웃음을 보이며 사부에게 예를 표했다.

"그래, 수련은 유익했느냐?"

사부의 물음에 그는 고개를 끄덕였다.

"그렇습니다. 힘이 넘치지만 자만심은 들지 않는군요. 자만심은 들지 않지만 자신감은 생깁니다."

"그렇다면 됐다."

사부는 고개를 끄덕이더니 자세를 취했다.

그것은 바로 사부의 공격 전 취하는 자세. 그저 서 있는 것 같은 모습이었지만 빈틈 따위는 없었다.

그의 주변 모든 곳이 방어점이자 또한 공격점이었다.

긴장감이 감돌았다.

상두의 이마에는 땀이 한줄기 흘러내렸다.

"왜 이러시는 거죠?"

"이 수련의 마지막이다."

"마지막?"

사부는 본인을 손으로 가리켰다.

"일격으로 나를 죽여라. 나를 죽이지 못한다면 수련은 실패인 것이다."

"어떻게 제가 사부를……!"

"명령이다. 하라면 해라."

상두의 눈빛이 변했다.

결의가 가득한 눈빛이었다. 사부의 명령은 절대적. 그는 그의 뜻대로 할 수밖에 없었다.

"갑니다……!"

상두의 모습이 흩어졌다.

사부의 눈에도 희미하게 보일 정도로 빠른 속도 때문이었다.

하지만 사부는 제자의 모습에 당황하지 않고 눈을 감고 상두의 기척을 느꼈다.

기척을 느끼던 그의 눈가가 움찔한다. 무엇인가를 느낀 것이다!

"이것뿐이냐!"

그의 얼굴로 상두의 주먹이 날아 들어왔다. 사부는 손을 빠르게 들어 그의 공격을 막아냈다.

"아니!"

하지만 그것은 잔상!

"분명 현실감이 있었는데!"

묵직한 기운이 감돌던 주먹의 잔상은 흩어졌다. 동시에 그의 얼굴로 다시금 상두의 주먹이 빠르게 날아왔다!

사부인 그가 막을 수도 없는 날카롭고도 강력한 속도로!

피웅……!

하는 바람 소리가 들려왔다.

사부의 머리가 흩날렸다. 이윽고 그의 후방 십여 보 뒤의 바위가 가루가 되었다.

하지만 사부는 아무렇지도 않았다. 상두는 사부를 직접적으로 공격하지 않았던 것이다.

"사부를 공격할 수는 없습니다. 하지만 제대로 들어갔다면 사부께서도 무사치 못했을 겁니다."

상두의 말에 사부는 그의 뒤통수를 내려쳤다.

"이놈아 사부를 가지고 노느냐!"

호통을 치는 것 같았지만 그의 얼굴에는 웃음기가 감돌았다.

이제 상두는 사부를 뛰어 넘었다. 아니, 이제 상대도 되지 않을 정도로 강력해졌다.

"합격입니까?"

상두가 능글맞은 표정으로 바라보며 묻자 사부는 인상을 찌푸린다. 하지만 이내 웃음을 보이며 대답했다.

"합격이다! 이놈아!"

그의 통보에 상두는 뛸 듯이 기뻐했다. 이로서 사부에 수련이 모두 끝이 난 것이다.

사부는 즐거워하는 상두에게 물었다.

"예전 몸에 비교하면 어떠냐?"

"공격력이랄지, 힘은 카이데아스와 거의 같습니다. 하지만 몸이 버티는 시간은 그리 길지 않을 것 같습니다. 속전속결로 하지 않으면 카이데아스를 쓰러뜨릴 수 있을지 미지수입니다."

상두의 솔직한 대답에 사부는 고개를 끄덕였다.

"그 정도일 뿐이로구나……."

아무리 열심히 했다고는 하지만 아직까지는 카이데아스에게 미치지 않는 힘이다.

불안하기는 하지만 상두는 포기하지 않았다. 그의 눈빛을 보면 알 수가 있었다.

"그렇습니다. 열심히 최선을 다하여야 할 것 같습니다."

포기하지 않으면 승산이 있다. 상두의 생각은 그러한 것이다.

잠시 상두의 눈빛이 흔들렸다.

"그런데 세상의 기운이 이상합니다."

그의 물음에 사부는 굳어진 인상으로 대답했다.

"이미 대륙은 마계에게 떨어졌다."

"정말입니까! 그렇다면 카르카손은!"

"무너진 지 오래야. 대륙의 끄트머리에서 항거하고는 있지만 언제까지 버틸지 모르겠구나. 바람만 불면 날아갈 것 같은 형국이야. 답이 보이지 않을 정도로 캄캄하구나."

그의 한숨에 상두는 고개를 끄덕였다.

"이대로 사라지게 하지 않을 겁니다."

사부는 고개를 끄덕였다.

그 역시 이 세계를 나몰라라 할 수 없다. 이곳에서 수십 년을 살아왔다. 고향은 조선이지만 이제 이곳이 제2의 고향이다.

"그럼 가시죠."

지체할 시간이 없었다. 인간의 운명이 풍전등화와 같은 상황. 빨리 출발해서 상두의 힘으로 다시금 희망을 세워야 한다.

그는 품에서 천둥새의 깃털을 꺼냈다.

"그것은?"

"우리를 대륙의 끝까지 태워줄 탈 것을 부를 도구입니다."

사부는 고개를 끄덕였다.

먼 거리까지 가려면 천둥새의 도움이 전실하다. 하지만 까칠한 그가 도와줄지는 미지수이다.

신수란 인간 세상에 관여를 하는 일이 드문 것도 사실이었다.

하지만 조그마한 희망이라도 걸어봐야 한다. 몇 번 그의 도움을 받은 것이 사실 아닌가.

깃털은 빛이 났고 이윽고 저 멀리서 천둥새가 날아왔다. 신수로서 부르면 달려온다는 약속을 지키기 위해서였다.

천둥새는 큰 날개를 펄럭이며 상두의 앞에 착지했다. 상두는 날개의 바람에 얼굴을 가렸다.

—또 나를 불렀나? 귀찮은데 왜 불렀어? 난 아무데도 안 데려다 줘. 너희들을 도와주면 내가 잘못될 것 같으니.

천둥새는 상두가 말하기도 전에 말을 토해냈다. 상두는 천둥새를 노려보았다.

"나를 돕지 않으면 당신도 죽어. 전에도 말했지만 마계인이 당신을 살려둘 거 같아?"

—난 신수야. 누구도 건드리지 못해.

"카이데아스는 해."

—그래도 도와줄 수 없어.

상두는 더욱더 강하게 그를 노려보았다.

"하지만 나를 도와주지 않으면 내가 당신을 죽일 거야."

엄청난 위압감이 상두에게서 뿜어져 나와 천둥새를 감싸고돈다.

잠시 동안의 적막감.

천둥새는 잠시 부르르 떨더니 대답했다.

—알았어, 알았다고……! 이번 한 번만이야!

상두는 고개를 끄덕였다.

하지만 천둥새는 그의 말을 믿을 수가 없었다. 지난번에도 마지막이라고 하고는 이렇게 또 호출했다.

하지만 지금 태워주지 않는다면 상두의 손에 죽을 것 같았다. 상두의 힘은 그렇게 강력해진 것이다.

ㅡ도대체 무슨 짓을 했기에 그렇게 강해진 거야?

"수련을 조금 했지."

상두는 그렇게 대답하고 그의 등으로 올라탔다.

"사부님도 올라타세요."

"그러지."

사부 역시 상두의 인도로 천둥새의 등 위에 올라섰다.

ㅡ아, 내 등짝이 마차냐.

천둥새는 투덜거리며 공중으로 천천히 솟아올랐다.

상두는 저 멀리 대륙의 끝 방향을 바라보며 의지에 가득 찬 눈빛을 불태웠다.

천둥새는 빠르게 날아갔다.

상두의 재촉으로 그는 평소보다 훨씬 더 빠르게 날아가야 했다. 투덜거렸지만 상두의 위압감에 천둥새는 어쩔 수 없었다.

너무도 빠르게 날아가다 보니 마족들의 공중병들이 그를 잡을 수가 없었다.

그들은 무엇이 지나갔는지 알 수 없을 정도였을 것이다. 천둥새의 속도는 그만큼 신속했다.

덕분에 대륙의 끄트머리 인근까지 상당히 빠르게 도착할 수가 있었다.

목적지가 가까워 올수록 천둥새는 속도를 조금씩 줄여 나갔다.

─이제 도착이다.

상두는 아래를 내려다보았다.

막사가 보였다.

물론 큰 전투가 벌어지고 있는 것도 볼 수가 있었다. 인간의 병사는 모두 쓰러져 있었고 마족의 군세가 충천했다.

"이런 제길!"

상두는 아래로 빠르게 뛰어내렸다. 이대로 두고만 볼 수는 없었다.

빠르게 내려가던 그의 눈에는 혼자서 힘겹게 적의 군장을 막아내는 아르페지오를 발견할 수가 있었다.

하지만 이윽고 그녀가 삶을 포기하고 검을 내리는 것을 발견했고 적의 군장이 무기를 높이 드는 것도 발견할 수가 있었다.

"안돼!!"

상두는 더욱더 빠르게 내려와 착지했다. 충격파도 없었고 굉장히 사뿐한 착지였다.

그는 기다릴 것도 없이 허공을 손가락으로 그었다.

허공에 은빛 선이 생기더니 적의 군장의 목이 떨어졌다.

"카… 카논?"

그를 부름에 상두는 뒤를 돌아보았다. 모든 것이 끝났다고 생각하고 눈을 감았던 아르페지오의 모습이 드러났다.

"괜찮나?"

상두의 물음에 그녀는 고개를 끄덕였다. 그녀의 눈에 조금씩 눈물이 맺혔다.

"괜찮아요……."

하지만 기운이 너무 빠진 탓에 그대로 그녀는 주저앉았다.

"흑… 흑……."

그러더니 울기 시작했다.

상두는 당황했다.

언제나 여자의 울음은 당혹스럽다. 하지만 그녀는 지금 안도했기에 눈물을 흘리는 것이었다.

이윽고 상두는 그녀의 뜻을 알고는 그녀를 안아서 일으켜 세웠다.

"끝인 줄 알았어요."

그녀는 상두의 품에 안겨 계속해서 눈물을 흘렸다.

"이제 괜찮아."

"무서웠어요, 정말로 무서웠어요……."

상두는 그녀의 머리를 쓰다듬으며 안심시켰다. 그녀 역시 상두의 위로에 두려움이 많이 가라앉은 듯 눈물을 그쳤다.

상두는 그녀를 밀어내고 진영을 살폈다.

참혹했다.

이천이 넘는 군세에서 살아남은 병사는 모두 백여 명 남짓.

남은 자들도 모두 큰 부상을 입고 있었다. 치료가 늦어지면 죽어 버릴 것 같은 사람들도 많았다.

"코르테스 공."

상두는 부상을 치료하고 있는 코르테스를 바라보았다.

그는 피투성이였지만 골절만 빼면 그렇게 큰 부상은 아니었다.

물론 다른 이들에 비하면 그렇다는 것이다.

그는 상두를 보자 희미한 웃음을 보였다.

"돌아왔구만……. 크윽……!"

"상처가 꽤나 깊으십니다."

"지휘관 체면이 있지. 앞장서서 나가야 했으니까. 하지만 다른 이들에 비해서는 아무것도 아니야. 다른 남은 병사들부터 챙겨주시게."

그렇게 대답하는 코르테스의 눈빛만은 죽지 않았다. 상두가 돌아온 것으로 희망을 맛본 것이다.

"상황을 설명해줘, 아르페지오."

상두는 무엇보다 지금의 전황이 궁금했다. 하나 전황이라고 할 것도 없었다.

인간의 모든 군대는 괴멸을 맞았다는 것이다. 거기에 마지막 지휘처였던 이곳의 장정들도 모두 쓰러졌다. 이제 군사력은 제로에 가깝게 된 것이다.

"하지만 그래도 아직 기회는 남아 있어. 포기해서는 안 되네."

코르테스가 나섰다. 상두는 고개를 끄덕였다.

"저도 포기하지는 않을 겁니다. 혼자라도 카이데아스를 무너뜨릴 겁니다."

"혼자가 아니야. 아직 전 대륙에 인간의 게릴라들이 있지. 이들을 한데 모은다면 자네의 힘을 조금은 덜 수 있을 것이야."

코르테스의 말에 상두는 고개를 끄덕였다.

조금의 병사들이라도 있다면 그의 시름을 조금 거둘 수 있을 것이다.

"자네의 힘으로 조금씩 대륙의 영토를 수복하다 보면 게릴라들이 모이고 그들은 정규군 못지않게 될 것이야."

상두는 끄덕였다.

들판의 잡초는 밟힌다고 해서 죽지 않는다.

인간도 마찬가지이다. 아직까지 불씨는 남아 있었다.

그 불씨를 살릴 수 있는 것은 카논.

바로 상두였다.

그가 전초에 나선다면 모두들 그를 구심점으로 모여들어 마계에 대항할 수 있을 것이다.

*   *   *

상두가 돌아왔다는 사실이 마계군 전체에 퍼졌는지 파상적으로 이어지던 공격이 멈추었다.

그들에게도 상두는 상당히 껄끄러운 상대인 것이다.

오랜만의 평화를 대륙의 끄트머리의 남은 인간들은 만끽했다.

하지만 폭풍의 전야처럼 고요하니 두려운 마음이 드는 것도 사실이었다.

그 평화로운 시간 동안 상두는 병사들을 치료했다. 이번 수련 과정 중에는 치료에도 도움이 될 수 있는 것들도 있었던 것이다.

이것은 꽤나 고무적이었다. 그가 손을 대고 그가 치료하자 상처가 낫는다.

병사들에게 구원자와 같은 상두의 그런 모습에 모두들 더욱더 희망을 품을 수밖에 없었고, 그것은 군기로 나타났다.

전투가 가능한 오십 인 남짓한 부대원이 마치 천 명에 달하는 군기를 내뿜어 내기 시작한 것이다.

　상두는 남아 있는 병사들을 모았다.

　남은 자들 중 싸울 수 있는 자들은 모두 삼십.

　"이제 어떻게 할 거예요?"

　아르페지오의 물음에 상두는 웃음을 보이며 대답했다.

　"조금씩 영토를 수복해야지. 그리고 인간을 해방하고 다시 마왕군에 대적해야 할 거야."

　상두는 주변을 돌아보았다. 병사들은 모두 준비가 되었다. 상두와 함께라면 승리하리라는 것을 굳건히 믿고 있었다.

　사부 역시 준비가 되었는지 고개를 끄덕였다.

　"출발하자. 다시 시작이다. 우리의 전쟁이!"

　상두가 주먹을 들어 올렸다. 그러자 병사들이 함성을 내질렀다.

　인간의 반격은 이제부터 시작이다.

CHAPTER **02**
총반격

"돌격!!"

인간의 군대가 마족을 향해 돌격한다.

마족의 돌격에 당하던 그때와는 또 다른 모습이었다. 그들
은 사기가 충천했고 5인 1조의 기민한 움직임으로 마족을 한
명씩 쓰러뜨려 나갔다.

전쟁이 지속되면서 상두의 뒤를 따르는 병력은 이제 제법
군세가 커져 있었다.

게릴라들과 해방된 인간들 중 장정들을 모아 훈련시킨 이
들이었다.

숫자는 이제 대략 오천 명.

수복한 영토의 게릴라나 일반 백성들 중 싸울 수 있는 자들을 모은 숫자이다.

오합지졸이라고 할 수 있는 훈련이 제대로 되어 있지 않는 자들이었지만 상두와 함께하여 사기만은 충천했다.

덕분에 마족들의 작은 본거지들은 쉽게 점령할 수가 있었다.

폭풍처럼 상두의 공격이 몰아친다.

그의 공격에 사방의 마족의 군사들이 마치 종잇장처럼 흩날린다.

공격 하나하나의 위력은 경천동지 그 이상이었다.

그의 위력과 사기 충만한 군대와의 시너지는 엄청났다. 덕분에 큰 규모의 마족의 본거지 하나가 인간의 군대에 떨어졌다.

꽤나 큰 본거지였다.

모두들 고무되었다. 상두와 함께하니 이런 커다란 규모의 본거지도 파괴할 수 있으니 말이다.

남아 있는 마족들을 죽이기 위해 군대는 건물을 뒤지며 모두 끌어냈다.

전의를 상실한 마족들을 모두 몰살했다.

그중에는 아직 어린 마족들도 있었다. 하지만 살려둘 수는 없었다.

어린 마족이라도 살려두면 인간보다 훨씬 강하기에 마족 전력인 것이다.

모든 것을 정리하고 상두는 군단을 바라보았다.

오천의 군단 중 오백 인이 죽었다. 꽤나 큰 본거지다 보니 이 정도의 희생은 각오된 것일지도 모른다.

상두는 그 모습에 하늘을 올려다보았다.

'가슴이 아프다.'

각오는 되었던 전투의 희생이라고는 하지만 마음이 아파 왔다.

하지만 표현하지 않았다. 그저 마음으로만 아플 뿐이었다.

구심점인 상두가 그런 감정을 표현한다면 모두들 동요할 것이다.

게다가 싸움이 계속될수록 희생자는 더욱더 늘어날 것이다. 그때마다 이렇게 감정의 상처가 생긴다면 상두는 버티기 힘들 터였다.

꽤나 큰 이 본거지를 인간의 군대는 사용하기로 결정했다. 건물이 그로테스크하기는 했지만 평범한 인간의 건물들에 비해 견고했다.

그 증거로 상두와 모두의 공격이 거셌지만 박살 난 건물들이 몇 채 없을 정도였다.

그 중심의 커다란 건물.

다른 곳보다 더 그로테스크한 검은 건물인 이곳에서 인간의 군사 회의가 시작되었다.

회의의 주재자는 코르테스였다.

그는 지휘관답게 회의를 잘 진행해 나가고 있었다. 이곳을 어떻게 다시 발전시켜 나갈 것이며 주변의 인간들의 해방에 대한 논의였다.

회의는 순조롭게 그리고 빠르게 진행되었다.

하지만 상두는 그의 진행이 마음에 들지 않았다. 지금은 더욱더 앞으로 치고 나갈 시기라고 그는 판단하고 있었던 것이다.

인간의 해방도 좋고 발전도 좋지만 마족은 기세가 꺾일 때 치고 나가야 한다는 것을 상두는 경험으로서 잘 알고 있다. 하지만 지휘관인 그를 존중하여 입 밖에 내지는 않았다.

"그렇다면 각 지휘관들은 결정된 대로 행동을 시작하기 바랍니다."

코르테스의 맺는말로 회의는 끝이 났다.

회의가 끝이 나고도 상두는 회의장을 벗어나지 않았다. 그는 펼쳐진 지도를 물끄러미 바라보고 있었다.

"이곳이군요."

상두의 물음에 코르테스는 고개를 끄덕였다.

"그래 이곳이 사대마왕 중 하나인 카이데아스의 레프트핸드 '코룽코'의 본거지네."

넓은 대륙을 카이데아스 휘하의 사대마왕이 나눠 다스리는 시스템을 구성했다.

그중 한 곳인 코룽코의 본거지까지 밀고 올라온 것이다. 아직까지 코룽코는 모습을 드러내지 않았다.

인간의 군세 턱밑까지 왔는데도 말이다.

"안색이 어둡군."

코르테스는 상두의 표정이 좋지 않은 것을 발견하고 물었다.

"역시나 눈치내셨습니까."

"내 앞에서는 괜찮지만 다른 이들에게는 그런 표정은 보이지 말게. 사기에 문제가 생겨."

상두는 고개를 끄덕였다.

"그런데 왜 그런 인상을 보이고 있는 거지?"

"코룽코는 굉장히 상대하기 까다로운 놈입니다."

"대결해 본 건가?"

"네, 엄청난 녀석입니다. 그의 육체적인 힘은 카이데아스를 상회하는 수준이죠. 게다가 방어력은 가공할 만합니다. 사대마왕 중 가장 까다로운 녀석일 겁니다."

상두의 자세한 설명에 코르테스는 팔짱을 끼며 한숨을 내쉬었다.

"가장 난감한 상대가 첫상대라……."

역시나 숨을 고르고 때를 기다리자는 그의 판단이 맞는 것 같아 더 안타까웠다.

상두가 갑자기 그의 얼굴을 짝짝 때리고는 입을 열었다.

"어쩌면 다행일지 모릅니다."

상두의 말에 코르테스가 눈을 떴다.

"다행?"

"가장 강한 상대를 처음에 쓰러뜨린다면 사기도 더 오를 겁니다. 이 고비만 넘긴다면 다른 지역은 훨씬 더 쉽게 수복할 수 있지 않겠습니까?"

코르테스의 얼굴에 화색이 돌았다. 상두의 말에도 일리가 있었다. 어쩌면 지극히 당연한 말이지만 그의 입에서 나오니 큰 힘이 되었다.

"코르테스 공."

회의실로 코르테스의 요 근래 새로이 뽑은 부관이 들어왔다.

"무슨 일이지?"

"고르곤 왕이 돌아왔습니다."

"고르곤이?"

카르카손이 무너지던 날 고르곤의 행방은 묘연했었다. 그런 그가 이런 곳에서 나타나다니……

"또 배신했던가?"

코르테스의 물음에 부관은 놀란 듯 눈을 크게 뜨며 고개를 절레 흔들었다.

"아니요. 놀랍게도 게릴라군을 이끌고 있었습니다. 그 숫자도 이천가량이었습니다."

"그래?"

코르테스는 놀라웠다. 고르곤은 지난번에도 마족에게 배신하지 않았던가.

하지만 이천의 군사를 이끌고 돌아왔다. 커다란 전력이 더해진 것이다.

"나가세나."

그는 상두를 이끌고 밖으로 나갔다.

밖은 굉장히 시끄러웠다. 이천의 군세가 가세를 했으니 기존의 군대들이 들뜨는 것도 당연하다.

수천 명의 군사는 군기 잡혀 있어 보이지는 않았지만 그들의 눈빛은 상두와 코르테스가 이끄는 군대 못지않았다.

마계군과의 공방전으로 인해 날이 바짝 선 것이었다.

그 중심에는 고르곤이 있었다.

그는 예전과는 다른 모습이었다. 눈빛은 다른 군사들처럼 날이 서 있었다. 예전처럼 비열한 모습은 찾아볼 수가 없었다.

"오랜만이요, 코르테스 공."

그는 당당하게 코르테스에게 손을 내밀었다. 코르테스는 웃으며 그의 손을 잡고 악수를 했다.

"수고했소."

코르테스의 목소리가 떨려왔다. 지금껏 그가 얼마나 고생을 했을까 생각이 들어 동변상련이 느껴진 것이었다.

"언제 적에게 쳐들어갈 거요."

하지만 고르곤은 감정에 몰입할 생각도 하지 않고 단도직입적으로 물었다. 하지만 코르테스는 그의 생각과는 많이 달랐다.

"아직은… 숨을 고를 때요."

"지금은 숨을 고를 때가 아니오. 지금이 바로 치고 나갈 때요."

그의 말에 코르테스는 고개를 절레 흔들었다.

"이곳을 본거지를 삼아 전열을 가다듬어야 하오."

"마족은 때를 기다려주지 않을 것이오."

두 사람은 그렇게 서로 대립각을 세웠다. 두 수장의 대립에 군대의 사이에도 긴장감이 감돌았다.

상두가 나섰다.

"고르곤 전하의 말이 맞습니다."

하나 상두는 코르테스보다는 고르곤에게 무게를 실어 주었다.

코르테스는 난감했다. 상두가 그의 의견에 무게를 실지 않는다면 그의 존재 가치가 위험해지기 때문이다.

"지금 조용한 것은 오히려 우리의 사기를 해이하게 만들기 위해서일 겁니다. 이럴 때 역이용해서 적을 공격하는 것이 오히려 효과적일 수 있습니다."

그의 말에 코르테스는 반박했다.

"자네의 말도 일리가 있네만… 지금 사기는 충만하다고 다가 아니네. 사기가 충만한 것과는 달리 병사들이 체력적으로 많이 힘들어 하고 있네. 더 이상의 진군은 과도한 강행군에 불과해. 군대는 기계가 아니야. 군사 하나하나를 신경 쓰지 않게 되면 사기는 무너진다."

상두는 고개를 끄덕였다. 그의 말은 원론적으로 맞는 것이었다. 상두 역시 그의 의견을 무시하는 것은 아니었다.

"그렇기 때문에 지금 고르곤 전하의 군대가 중요할 것 같습니다. 고르곤 전하의 군대는 무리하게 연일 강행군을 한 우리의 군대보다 체력적으로 더 우위에 있을 겁니다. 두 군대를 적절히 섞어 이용한다면 이곳을 안정시킬 수도 있고, 또 공격도 가능합니다. 안 그렇습니까?"

상두는 두 사람을 바라보았다. 고르곤은 고개를 끄덕였지만 코르테스는 한참을 생각했다. 하지만 상두의 의견은 나무랄 데가 없었다. 게다가 그의 의견을 무조건적으로 무시하는 것은 아니기도 했다.

"그래, 좋네. 자네의 의견대로 하지."

코르테스의 확답에 상두는 고개를 끄덕였다.

"역시 지휘관이시오. 남의 의견을 무조건적으로 묵살하지 않는 당신의 모습에 경의를 표하오."

고르곤은 왕이었던 자존심을 버리고 한낱 귀족 출신의 코르테스에게 고개 숙여 인사했다. 그 모습에 경의를 표하는 코르테스 역시 고개 숙였다.

*   *   *

인간의 진영이 시끄럽게 울렸다.

병사들이 연일 즐겁게 웃고 있었다. 지금껏 언제 죽을지도 모를 상황 속에서 숨도 제대로 쉬지 못했다.

그런데 이렇게 여유가 생기니 지금까지 쌓아 왔던 긴장감이 모두 풀어진 것이다.

코르테스 및 지휘관들은 그저 내버려 두었다.

마계군에게 대륙을 잃은 후 이렇게 즐거웠던 적은 없었으리라.

가끔은 이렇게 웃고 즐기는 것도 사기 진작에 도움이 될 것이다.

지휘부에서 안심을 할 수 있었던 것은 군대는 경비를 소홀히 하지 않은 탓이었다.

그 증거로 굉장히 빠른 시간 내에 본거지 주변으로 돌로 성곽을 세웠다. 즐거움을 느끼기는 했지만 날은 무뎌지지 않은 것이다.

그 성곽 위로 초병들이 있었다.

그들은 또렷한 눈으로 사방을 감시하고 있었다.

하지만 적들의 동태는 없었다. 마치 모두 퇴각한 것처럼 조용했다.

적들의 움직임이 없으니 초병들은 지루함을 감추지 못했다. 하품을 하고 졸음까지 몰려왔다. 하지만 이내 그들은 정신을 차렸다.

그들이 무너지면 방어선이 무너지는 것이다. 그래도 아무리 정신을 차리려 해도 졸음이 몰려오는 것은 어쩔 수가 없었다.

"응?"

저 멀리서 누군가 다가오는 것이 보였다. 초병들의 눈이 번쩍 뜨이고 정신도 번쩍 차려졌다.

"뭐지?"

초병들은 경계했다. 실루엣이 인간의 모습이 아니었다. 분명 저자는 마족이었다.

"응?"

그의 모습이 사라졌다.

초병들은 귀신에 홀린 듯 어안이 벙벙했다. 하지만 정신을 바짝 차려야했다. 마족의 습격인 것이다.

그때 그들의 앞에 누군가가 나타났다.

역시나 마족!

"적이다! 적이 나타났다!!"

그들은 당황하여 마족을 공격했다. 마족은 가차없이 그들의 목을 꺾었다.

너무도 쉽게.

아무리 강한 마족이라고 해도 이렇게 쉽게 사람을 목을 꺾을 수는 없었다.

마족의 습격이 알려지자 순식간에 인간의 진영은 시끄러워졌다.

하지만 공항상태에 빠져들지는 않았다. 그들은 지금까지 수많은 마족들과 전투를 벌였다. 이제 마족은 그리 무서운 존재가 아니었다.

하지만 지금 이곳에 출현한 마족은 달랐다!

그는 마구 진영을 휘젓고 다니고 있었다. 그의 손이 닿자마자 군사들이 목이 돌아가며 나가 떨어졌다.

　자신만만하게 다가섰던 인간들은 이제 조금씩 뒷걸음을 쳤다.

　서서히 진영에 두려움이 감돌기 시작했다. 충만히 오르던 사기는 너무도 쉽게 꺾이게 마련이다. 그렇기에 빨리 이 상황을 수습할 구심점이 필요하다.

　그것은 바로 카논.

　이곳에서의 구심점은 바로 상두인 것이다!

　"카논님이다!"

　"카논님이 나오셨다!"

　"이제 걱정 없다!"

　상두가 나아왔다.

　그가 나타나자 마족의 사내는 공격을 멈추었다. 그가 원하는 것은 바로 상두였다.

　상두의 얼굴에는 약간의 긴장감이 감돌고 있었다. 그의 옆에 있던 고르곤과 코르테스는 그를 이상하게 쳐다보았다.

　"저자가 코룽코인가?"

　노련한 코르테스의 물음에 상두는 고개를 끄덕였다. 그의 이마에 한줄기 땀이 흘러내렸다.

　―카논이여!

　고르곤이 통역하기 시작했다.

—나 마족의 대왕 코룽코, 너에게 결투를 신청한다!

의외의 제안에 상두는 인상을 더욱더 찌푸렸다. 극도로 꺼리는 느낌이 느껴졌다.

"나는 너와 싸울 이유가 없다!"

상두는 단박에 거절했다.

군대가 술렁이기 시작했다. 설마 상두가 두려움을 느끼는 것이 아닌가 하는 웅성임이 들려오고 있었다.

—훗! 내가 무서운 것이냐! 예전의 싸움에서의 패배를 설욕하고 싶지 않은 것인가!

통역을 하는 고르곤이 놀라워했다. 그렇기에 상두와 코르테스에게만 나지막하게 통역했다. 이 사실이 알려지면 군대의 사기는 바닥을 칠 것이다.

코르테스 역시 놀랐다. 무패를 했다고 생각한 상두가 마족의 마왕 중에 한 명에게 패배를 했단 말인가?

코르테스는 이제야 상두가 코룽코를 두려워한 이유를 알 수가 있었다.

"좋다! 결투를 받아들인다!"

상두는 고심 끝에 결투를 승낙했다. 더 이상 거부할 수는 없었다.

그가 계속해서 거부한다면 군대의 사기도 흩어지고, 더불어 저 우악스러운 코룽코가 어떻게 나올지 미지수였던 것이다.

카논이던 시절, 상두는 한 차례 패배를 한 적이 있었다.

그것은 카논이 완전한 마스터가 되기 이전의 일이었고 이를 아는 사람은 지극히 드물었다.

그리고 완숙하지 못하던 시기의 일이었고, 이 일을 겪은 이후 카논이 더욱 강해지는 계기가 되었지만 카논에게는 일종의 트라우마였다.

그런 상대가 다시금 눈앞에 나타난 것이다. 상두로선 피할 수 없는 싸움이라 할 수 있었다.

게다가 상두는 굉장히 강해졌다. 이전의 싸움은 완숙해지기 이전의 일. 어떤 무인이든 약하던 시기는 존재하게 마련이다.

첫 패배의 트라우마를 가질 필요가 없는 것이다.

*   *   *

상두는 결전을 준비하고 있었다.

적장과 일대일 대결을 약속했다. 이 순간은 언제나 긴장감이 감돈다.

전쟁에 있어 일대일 대결이라는 것은 개인과 개인의 대결이 아니었다. 군단과 군단의 대결이나 마찬가지였다.

그렇게 군단을 등에 업고 하는 대결이다 보니 언제나 부담감은 있었다.

상두는 가볍고 활동성이 강한 옷을 입었다. 어차피 코룽코의 공격력 앞에 방어력은 무의미하다.

스피드를 한껏 올려 공격을 피하는 것이 오히려 더 도움이 된다.

"꼭 가야만 하나요?"

아르페지오가 물었다. 그녀는 기분이 좋지 않은 듯 팔짱을 끼고 상두를 걱정스레 바라보았다.

"약속이니까. 이건 개인과 개인의 약속이 아니라 군단과 군단의 약속이야."

상두의 대답에 그녀는 마음에 들지 않는 듯 인상을 계속해서 찌푸렸다.

그녀의 기분과 상관없이 계속해서 상두의 기분 역시 불안했다.

분명 상두가 더 강할 것이다.

아니 더 강했다.

그 역시 그것을 잘 알고 있었다. 하지만 코룽코와의 전투에서 상두는 정말 심하다 싶을 정도로 당했던 기억은 잊히지 않는다.

트라우마라는 것은 생각보다 강력했다.

상두는 얼굴을 짝짝 치고 마음을 다잡았다.

더 이상 트라우마에 잡혀 있을 수 없었다. 분명히 승리할 수 있으니 자꾸만 그런 생각에 사로잡히면 오히려 패배할지도 모른다.

그는 걱정하는 아르페지오를 두고 밖으로 나왔다.

많은 군사들이 상두를 배웅하러 나왔다. 하지만 상두는 그들에게 눈길을 주지 않고 인사만 받아주었다. 그들의 눈빛을 보면 더욱더 부담스러울 것만 같았다.

혼자서 이동했다.

일대일로 대결하는 것이 약속의 골자였다. 수행원조차 대동하지 않았다. 그것이 약속이었다.

마족들은 사실 약속을 잘 지키지 않는다. 간계와 속임수가 그들의 주특기인 것이다.

하지만 코룽코는 명예를 중시한다. 가끔 명예를 중시하는 마족들이 있다. 그중에서도 코룽코는 더욱더 명예를 중시한다. 분명 약속을 어기지는 않을 것이다.

약속을 어겨 기습이 있다고 해도 상두의 힘으로 이겨낼 수 있을 것이다. 상두는 그런 자신감을 가질 만한 힘을 가지고 있었다.

목적지는 그리 멀지 않은 곳이었다.

걸어서 세 시간 정도 걸어서 도착한 곳은 협곡.

협곡의 중심에는 기다랗게 길이 놓여 있었다. 만약 퇴로가 막힌다면 도망칠 수 없는 그런 곳이었다.

반대편에서 코룽코가 다가오고 있었다.

그 역시 수행원이 따르지 않는 혼자였다. 역시나 그는 명예를 지킬 줄 아는 사내였다.

하지만…….

그 역시 마족이었다. 퇴로의 양끝에 마족들이 막아서고 있었다.

"역시… 네놈도 마족이었구나."

상두는 기합을 발했다. 그러자 퇴로의 마족들이 모두 폭발했다.

코룽코의 얼굴이 굳어졌다. 기합만으로 양측 퇴로의 마족들을 해했다. 예전 자신과 대결했을 때의 카논이 아니었다.

"죽어라!"

상두는 코룽코를 향해 달려들었다.

코룽코의 파워는 상당하다. 시간을 끌수록 오히려 상두에게 불리해진다. 속전속결로 끝내야 할 것이다.

상두의 선공을 이미 예상한 코룽코는 더 빠르게 주먹을 내질렀다.

쿠구구구궁!!

천둥소리와 같은 소리가 사방으로 내뿜어지는 강맹한 공

격이었다. 하지만 상두는 그 공격을 막아냈다.

막아낸 것만이 아니었다. 공격의 반발력을 이용해 코룽코를 튕겨내기까지 했다.

'할 수 있다!'

강맹해진 상두에게 코룽코는 상대가 될 수 없었다. 상두는 튕겨진 코룽코를 향해 공격을 마구 뿜어댔다.

무언가가 이상했다.

'왜 반격을 하지 않지?'

공격을 받아낼 뿐, 코룽코는 반격을 하지 않았다. 아무리 상두가 강해졌다고 해도 코룽코는 반격을 해야 한다. 이렇게 당하고만 있을 성격이 아니다.

바로 그 순간!

"어억!"

상두의 발을 올가미가 옭아맸다!

그는 거꾸로 묶인 채 공중으로 솟구쳤다.

"제길 함정이냐! 비겁하다, 코룽코!"

당황한 상두의 외침.

코룽코가 알아들일 리 만무했다. 하나 코룽코는 놀랍게도 인간의 말을 내뱉었다.

"우리 전쟁한다. 전쟁에는 비겁 없다."

그의 말에 상두는 적잖게 놀랐다.

"비열한 놈! 이렇게 약속을 어기는 것도 무장이냐!"

"전쟁 이긴다. 그게 무장이다."

코룽코는 주먹을 들어 상두에게 날렸다. 상두는 그대로 주먹을 맞고 정신을 잃었다.

상두가 결투의 장소로 향한 지 하루가 지났다.

인간의 본거지에는 불안감이 엄습해 왔다. 지금까지 이렇게 다시금 군기를 세울 때까지 상두가 구심점이었다.

그런 자가 돌아오지 않으니 불안한 것은 당연하다.

아르페지오는 잠도 자지 못하고 하루 종일 여기저기를 왔다갔다 했다.

상두가 돌아왔는지를 확인하기 위해서였다. 하지만 계속해서 실망만 할 뿐이었다.

걱정을 하는 것은 그녀뿐만이 아니었다.

지휘관 코르테스 역시 걱정이 되어서 지휘처 밖으로 나와서 서성였다.

그들뿐만이 아니었다. 많은 이들이 상두가 돌아오지 않는 것에 걱정이 되는지 좌불안석이었다.

그렇게 기다리는 가운데 저 멀리서 누군가가 돌아왔다. 그것을 가장 먼저 발견한 것은 코르테스였다.

그는 재빨리 그를 향해 내달렸다. 상두가 돌아왔는가 하는 기대가 얼굴에 가득했다.

하지만 그는 상두가 아니었다. 그의 사부였다.

"어디를 다녀오십니까?"

코르테스는 실망감이 가득한 목소리로 그에게 물었다.

"결투 장소로 가보았습니다."

그는 제자가 걱정이 되어 몸소 약속장소로 찾아갔던 것이다.

코르테스는 다시 기대감 가득한 눈으로 그를 바라보았다.

"없더군요."

사부는 코르테스의 눈빛에 대답했다. 대답을 들은 그의 얼굴에는 다시금 실망감이 몰려왔다.

"좀 더 정학하게 말씀해주시겠습니까."

하지만 코르테스는 더 자세한 것을 듣고 싶었다. 그의 물음에 사부는 한숨을 내쉬며 말을 이었다.

"함정에 빠진 듯싶더군요. 올가미로 썼던 밧줄도 발견되었고 다수의 마족의 발자국도 발견이 되었습니다."

"역시… 혼자 보내서는 아니 되었습니다."

"혼자 보내지 않았다면 어떻게 하셨을 겁니까?"

사부의 말에 코르테스는 꿀 먹은 벙어리가 되었다. 되받아칠 말이 없었던 것이다. 당시에는 상두 외에는 답이 없었던 것이 사실이었다.

"이제 제가 나설 수밖에 없군요."

"무슨 말씀이십니까?"

"오늘 밤 상두를 구하러 갑니다."

그의 말에 코르테스는 고개를 끄덕였다.

상두의 사부 역시 굉장한 실력자이다. 그가 기습해서 들어 간다면 상두를 분명히 구해낼 수가 있을 것이다.

"꼭 부탁드립니다."

코르테스는 무릎을 꿇었다. 상두는 지금 그의 진영에서는 가장 필요한 존재이다.

아니, 인간에게 구세주와 같은 자이다. 그가 사라진다면 지 금까지 이렇게 다시 일궈낸 것들이 무너질 것이다.

사부는 그를 일으켰다.

"나는 내 제자를 구하러 가는 겁니다. 이런 행동하지 않으 셔도 됩니다."

그는 그렇게 짧게 말을 남기고 자신의 거처로 향했다. 늦은 밤 제자를 구할 준비를 하기 위해서.

*　　　*　　　*

"제기랄……."

상두는 마족의 진지에 거꾸로 매달려 있었다.

"밧줄이 풀리지도 않아!"

밧줄을 풀려고 아무리 노력해도 풀어지지 않았다.

굉장한 마족의 저주가 걸려 있어 풀 수가 없었던 것이다. 그저 이렇게 매달려 있을 뿐 다른 방법이 없었다.

이상하게도 마족들은 그를 바로 죽이지 않았다.

그저 그를 이렇게 매달아 두고만 있었다. 지금까지 초병도 붙이지 않았다.

아무래도 최대한 괴롭히고 난 다음에 잔인하게 죽일 모양이었다.

"기회는 그때뿐인가?"

어떻게 죽이든 이곳에서는 할 수가 없다. 어떻게든 다른 곳으로 그를 이동시킬 것이다. 그렇게 하려면 분명 밧줄을 풀어야 할 터.

잠시 포박에서 자유로워지는 그때를 노려 공격하면 도주할 수 있을 것이다. 그때만이 유일한 기회이리라.

"후우……. 그때까지 이렇게 불편하게 있어야 되는 건가."

그는 무력하게 이대로 있을 수밖에 없었다.

얼마만큼의 시간이 지났을까?

그에게로 코룽코가 다가오고 있었다. 부하들을 대동하고 다가오는 그는 의기양양함이 감돌았다.

마족에게 가장 까다로운 존재를 잡았다는 자부심을 느낀

것이다.

"비겁한 무장 등장하셨나?"

상두는 그를 비아냥거렸다.

"나, 너 이겼다. 후후."

하지만 코룽코는 그런 것 따위는 신경 쓰지 않았다. 지금 이 순간 상두를 사로잡은 것만으로 기쁜 것이다.

마족은 결과를 중시한다. 지금은 그는 마족의 군장 누구보다 좋은 결과를 얻었다.

"너 내일 죽는다. 갈기갈기 찢어질 거다."

"그것을 알려주려 이곳에 온 건가? 참 상냥도 하시군요, 비겁한 무장님."

계속되는 상두의 비아냥에 코룽코는 코를 벌금거리며 약간 화가 났는지 이죽거렸다.

"하지만 너를 죽이기 전에 내일 너희 진영… 불타오른다. 후후……. 네가 없다면… 오합지졸."

"오호라……? 오합지졸? 그렇게 어려운 말도 아서?"

이어지는 그의 비아냥에 코룽코는 그에게 따귀를 내려쳤다.

"크윽."

상두의 입가에 피가 맺혔다.

"너는 살아서 네 진영이 불타는 것을 볼 거다."

코룽코는 그렇게 말을 남기고 돌아섰다. 그와 함께 왔던 부하들은 상두의 주위에서 경계를 서기 시작했다.

"나를 살려둔 것은 그것이었나?"

포획 즉시 죽이지 않는 이유는 바로 인간의 지휘처가 무너지는 것을 보게 하려는 것이었다.

"잔인한 놈들……."

상두에게는 분명 그 군단이 소중했고 그것이 무너진다면 상두의 마음도 같이 무너질 것이었다.

역시나 마족은 사람을 잔인하게 대하는 방법을 잘 알고 있었다.

"어떻게든 빠져나가야 한다."

그가 빨리 빠져나가야만 인간의 마지막 희망이 무너지지 않을 수 있다.

그렇게 시간은 흘러갔다.

어두운 이 세상에 더욱더 어두운 밤이 다가왔다.

"저녁때는 훨씬 지난 건가."

상두는 배가 고파왔다. 이런 상황에서도 배가 고파오는 자신에게 실망하는 상두였다.

하지만 배가 고파도 어차피 이곳에는 먹을 것이 없다.

마족의 음식은 구역질이 날 정도로 맛이 없기에 그것은 먹을 것이 아니다.

게다가 그들이 포로에게 음식을 줄 리도 없었다. 포로에게
제공되는 것은 조금의 물뿐인 것이다.

어차피 그들은 포로를 오랫동안 살려두지 않는다.

이런저런 생각을 하는 가운데 보초들이 풀썩하고 쓰러졌
다.

"응?"

상두는 의아했다.

갑자기 힘없이 쓰러지는 보초라니.

"바보 제자놈."

사부였다.

상두의 사부가 나타나 보초들을 쓰러뜨린 것이다.

"언제까지 내 손이 가게 할 것이냐?"

그가 허공을 살짝 긋자 저주가 걸린 밧줄이 썩은 동아줄처
럼 잘려 나갔다. 상두는 그대로 바닥에 떨어졌다.

"크윽……!"

그는 빠르게 일어났다. 그리고 줄을 풀었다. 저주가 걸린
줄이 이상하게도 잘 풀렸다.

"어떻게 하신 거죠?"

"바보 제자놈아, 저주가 걸린 물건에는 분명 저주의 중심
이 있다. 그것이 가장 약한 부분이라는 것을 내가 누누이 말

하지 않았더냐."

"그럴 수도 있죠, 왜 화를 내시고 그러십니까."

"시끄럽다 이놈아. 게다가 네놈 또 흥분해서 이렇게 된 거지?"

상두는 대답하지 않았다. 아니 대답할 수가 없었다. 사부는 너무도 잘 알고 있었던 것이다.

"말하지 않아도 훤히 보인다, 이놈. 네놈의 성격은 무덤에 들어갈 때까지 고쳐지지 않을 게다. 아니, 무덤에서도 고쳐지지 않겠지. 따라와라!"

사부는 콧방귀를 뀌고는 그를 이끌었다.

"어디를 가십니까."

"이제 돌아가야지."

상두는 움직이지 않았다. 사부는 의아한 듯 제자를 바라보았다.

"지금이 기회입니다."

"무슨 기회라는 것이냐?"

"적장의 목을 따야죠. 사부께서 소요를 일으켜 주십시오. 그 틈을 타서 제가 코룽코의 목을 따겠습니다."

상두의 말에 사부는 슬쩍 웃음을 보이며 고개를 끄덕였다. 그 역시 상두의 생각에 동하였던 것이다.

"그것 좋은 방법이구나."

사부는 그렇게 말하고 먼저 뛰쳐나갔다.

"아니, 제 신호에 맞춰… 아이고……. 사부님이 언제 내 말 들은 적이 있었나."

상두도 빠르게 뛰어갔다.

그가 향하는 곳은 바로 코룽코의 막사.

코룽코를 향하는 동안 사부는 마족의 진지를 휘저으며 소요를 일으키고 있었다.

덕분에 그에게 마족 군대의 시선이 향했다.

마족 한둘로는 그를 막아낼 수가 없기에 많은 군사를 필요로 했다.

덕분에 상두가 풀려났다는 것을 알고 있는 마족은 아무도 없었다.

상두는 코룽코의 막사에 도착했다.

코룽코는 소요를 확인하러 무장을 갖추는 중이었다. 상두가 웃음을 보이며 그의 앞을 막아섰다.

"카논……?"

그는 놀라고 말았다. 상두가 풀려날 것이라고는 상상도 못한 것이다.

놀라움이 가실 새도 없이 상두의 주먹이 그를 향해 날아들었다!

"크윽! 비… 겁한……!"

"전쟁 중에 비겁함이 어디에 있어?"

상두의 수도가 코룽코의 목을 그었다. 그대로 코룽코의 목이 날아갔고 그대로 쓰러졌다.

그는 코룽코의 목을 들어 올렸다. 하늘로 치켜 올리더니 그는 큰소리로 외쳤다.

"코룽코의 목이 떨어졌다!!"

그의 목소리를 마족들이 알아들일 리 없었다. 하지만 외침에 그를 돌아보았고, 그들의 수장의 목이 인간의 손에 들려 있음을 보았다.

그것만으로도 그들은 패닉을 일으켰다.

게다가 수장과 연결되어 있던 정신적 감흥이 끊어져 그들은 전의를 상실했다. 그들은 무기를 버리고 도망치기 시작했다.

도망치는 마족을 바라보던 사부는 다시금 그의 제자를 바라보았다.

"해냈구나."

"그리 어렵지 않았습니다. 어차피 저의 수련은 이런 자들을 상대하기 위해서가 아니니까요."

그의 눈은 먼 곳을 바라보고 있는 것 같았다.

그것은 바로 카이데아스.

상두의 머릿속에서는 카이데아스를 무너뜨릴 생각만 가득할 뿐이었다.

CHAPTER **03**
함정

상두는 적장의 목을 들고 개선장군처럼 돌아왔다.

　사대마왕 중 가장 까다로운 상대로 알려졌던 코룽코는 이
렇게 역사 속으로 사라졌다. 그 역사의 중심은 바로 상두였
다.

　그가 들어서자마자 모두들 환호성을 질러댔다. 사대마왕
중 가장 난적을 쓰러뜨렸다.

　환호성으로는 모자랄지도 모른다. 이제 인간의 군대는 무
서울 것이 없었다.

　코르테스가 맨발로 뛰어왔다. 지휘관으로서의 위엄 따위

는 신경 쓰지 않았다.

그는 상두의 손을 덥썩 잡았다.

"잘 돌아왔네, 잘 돌아왔어!"

코르테스의 눈시울이 붉어졌다.

그에게 코룽코를 쓰러뜨린 것은 중요하지 않았다.

상두가 살아 돌아왔다는 것이 중했다. 코르테스 역시 상두에게 다른 이들처럼 기대고 있었던 것이다.

축제가 벌어졌다.

누가 시킨 것도 아니었다. 자발적으로 벌어진 축제였다.

지휘관들은 말리지 않았다. 이런 즐거운 분위기를 깨고 싶지 않았던 것이다.

마치 다시 대륙을 되찾은 것 같이 즐겼다. 덕분에 사기는 충만할 대로 충만했다. 이대로라면 모든 것을 쓰러뜨릴 수 있을 것만 같았다.

하지만 수뇌부는 즐기지 않았다.

이제 일부능선을 겨우 넘은 것이나 마찬가지였다.

아직까지 사대마왕은 셋이나 남아 있고 게다가 카이데아스는 아직도 건재하다.

산 넘어 산.

한마디로 웃고 즐길 때가 아니라는 것이었다. 물론 지휘관들만의 생각이었다.

그들은 심정을 반영하듯 모여서 회의를 하고 있었다.

커다란 원탁에 지도와 함께 군사 모형이 있었다. 그것을 이리저리 옮기며 고르곤이 설명을 하고 있었다.

고르곤은 지금 마족에 대해서 가장 잘 알고 있는 소식통이다. 그의 설명은 여러모로 유익한 것이 사실이었다.

"이곳 베른 협곡은 중요합니다."

그가 가리키는 곳은 카이데아스가 주둔하고 있다고 알려진 카이로드로 가는 가장 짧은 루트였다.

"카이데아스에게로 향하는 가장 빠른 길목입니다. 이곳을 점령치 못하면 긴 시간을 돌아서 가야 할 겁니다. 이곳에는 가장 많은 군사가 밀집되어 있어 점령에 난항이 있을 테지만 카논 공이 다시 합류한 이상 해볼 만합니다."

모두들 고개를 끄덕였다.

하지만 코르테스가 마음에 들지 않는 것 같았다.

"아직까지 우리의 군사수는 그렇게 많지가 않소만……. 일전에 고르곤 공이 말씀하신 바로는 이곳의 마족의 군사는 족히 이만이 넘는다고 하였소. 마족의 군사 이만이라면 최소 인간 군대 10만에 육박하는 힘을 가진 숫자가 아니오? 게다가 정예군이라고 한다면 거의 20만에 가까운 숫자일 것이오. 어떻게 1만도 되지 않는 우리의 군사수로 대결할 수 있겠소."

그의 말도 일리가 있었다. 아무리 상두와 그의 사부가 강력한 힘을 지녔다고 해도 다수가 달려드는 것에는 고전할 수밖에 없었다. 그는 언제나처럼 먼저 내실부터 다지자는 쪽이었다.

"나의 생각으로는 이쪽 로한 평야 루트로 돌아서 가는 게 좋지 않을까 싶소."

코르테스가 입장을 밝히자 나머지 기사들도 수긍하는 것 같았다.

그의 의견이 가장 현실성이 있다고 생각한 것이었다. 시간은 걸리지만 그쪽으로 돌아서 간다면 그렇게 큰 희생을 치루지 않아도 될 것이다.

"하지만 로한 평야 쪽으로 공격하여 시간을 지체한다면 베른 협곡 루트에서 원군이 필시 몰려올 것입니다. 마족은 우리보다 더 교활합니다. 만만하게 보시는 것은 아닌지……."

두 사람은 설전을 벌였다. 그와 함께 나머지 기사들도 서로 웅성거리기 시작했다.

상두는 긴 한숨을 내쉬었다.

서로 뭉쳐서 한마음으로 나아가도 모자란 시기에 수뇌부가 분열될 조짐이라니……. 통탄할 노릇이 아닌가.

이때 가장 발언권이 있는 것은 상두.

그는 지금껏 코르테스에게 힘을 실어 주기 위해 말을 아낀 것이 사실이었다. 하지만 지금은 말을 아낄 때가 아니었다.

"저도 베른 협곡을 지지합니다."

상두는 고르곤의 의견을 먼저 지지했다. 모든 기사들이 웅성거렸다.

그가 고르곤의 의견을 지지한 것에 적잖게 놀란 것 같았다. 그는 항상 코르테스에게 무게를 실어주는 자가 아니었던가?

가장 놀란 것은 코르테스.

그 역시 상두가 이렇게 자신의 뜻에 완전히 반하고 나올지는 몰랐던 것이다.

"자네까지 그쪽을 생각하는지 꿈에도 몰랐네."

코르테스는 섭섭한 감정을 숨기지 않았다. 상두는 그럴 향해 다시 말을 이었다.

"저는 코르테스 공의 의견도 존중합니다."

"나의 의견도 존중한다?"

모두들 혼란스러운 듯 웅성거렸다. 양쪽의 의견을 모두 감당하기에는 아직 인간의 군세는 약하지 않던가?

"역시나 지금 필요한 것은 양동작전이라고 보입니다. 저는 코르테스의 공의 의견도 존중합니다."

상두의 우유부단한 듯한 결정에 모두들 다시금 웅성거렸다. 그는 헛기침으로 주위를 환기시켰다.

"흠흠……."

그러자 모두들 웅성임을 멈추고 상두를 바라보았다. 그는 다시금 자신의 의견을 피력했다.

"아직까지 이 주변의 게릴라들이나 장정들을 모두 모은 것이 아닙니다. 아직까지 이곳이 해방되었다는 것을 모르는 이들도 많습니다. 그들을 모은다면 지금의 군세와 함께 일만의 군세는 되지 않을까 싶습니다. 그것을 두 부대로 나누어 한쪽에는 제가, 다른 한쪽에는 사부님이 포진되어 있으면 어느 정도 승산이 있지 않나 싶습니다."

그의 의견에 모두들 고개를 끄덕였다. 굉장히 단순한 말이었지만 그 단순함을 모두들 생각지 못한 것이다.

너무 어렵게만 생각한 탓이었다. 상황이 좋지 않을 때는 이렇게 쉽고 단순하게 생각하는 것도 괜찮은 방법이다.

"그것이라면 나도 찬성이네."

"나도 찬성하오."

코르테스, 고르곤 두 사람 모두 상두의 의견에 따랐다. 두 사람의 모든 의견이 합쳐진 것이니 당연할 것이다.

"그렇다면 무엇보다 이 주변의 생존자들과 게릴라 탐색이 우선시되어야 할 것입니다."

상두는 그렇게 자신의 의견을 맺었다.

모두들 그의 의견에 동의하는 눈치였다. 이제 모두들 생존자와 게릴라 탐색에 대한 이야기를 나눴다.

회의가 끝나고 모두들 밖으로 나갔다.

"모두들 굉장히 즐거워 보이는군요."

상두가 음악과 함께 신나게 즐기고 있는 군사들을 바라보며 웃음 지었다.

"자네가 돌아왔으니까. 저들은 지금 자네와 함께라면 모든 것을 해낼 수 있다고 생각하는 분위기야."

상두는 쑥스러운 듯 머리를 긁적였다.

지휘관들도 속속 축제에 참여하기 시작했다.

긴장에 가득 휩싸인 그들이었지만 그들 역시 인간이기에 이런 즐거운 분위기에 취하고 싶었다. 계속해서 긴장만 했더니 정신적으로 힘든 것이 사실이었다.

오랜만에 지휘부와 군사들이 어울려 축제를 즐겼다.

물자는 풍족치 않았다.

예전만큼 맛있는 음식도 없었다. 하지만 그대로 모자란 대로 없는 대로 그들은 즐겁게 즐기고 또 즐겼다.

모든 준비가 끝이 났다.

생존자와 게릴라의 수색은 생각보다 수월했다. 모두들 아직까지 이 지역이 해방된 것을 모르고 있었던 것이다.

그렇게 마련한 군사 수는 오천.

예상보다 훨씬 많은 숫자였다. 기존에 있던 군대와 합치니 꽤나 그럴듯한 군세가 마련되었다.

두 부대로 나뉘었다.

제1부대의 선봉은 상두였고 그들은 베른 협곡으로 향한다. 제2부대의 선봉은 상두의 사부로 그들은 로한 평야로 향한다.

그리고 조금의 병사들은 코르테스의 중심으로 이 지역을 재건한다.

제대로 훈련이 되지 않은 자들이었다. 하지만 그래도 사기는 충천했다.

이제 출발하기 위해 광장에 모든 군사가 모였다. 모이는 과정에 상두의 사부가 그를 불렀다.

"조심해라."

상두는 고개를 끄덕였다.

"사부도 조심하십시오."

"내 걱정은 마라 칠칠맞은 녀석아."

사부는 끝까지 그에게 핀잔이었다.

하지만 그것이 걱정임을 알고 있는 상두는 웃음을 보이며 그에게 고개 숙여 인사했다. 사부는 그에게 덩달아 묵례로 화답했다.

모두가 광장에 모여들었다.

"모두 잘 들어라!"

단상에 코르테스가 서 있었다. 지휘관의 연설이었다. 모두들 그를 바라보며 경청할 준비를 했다.

"열심히 해라!"

그는 한마디뿐이었다.

지금은 어떠한 미사여구도 필요없었다. 그저 열심히 해서
이 땅을 다시 구해내는 것밖에 무엇이 필요할까.

코르테스는 그것을 잘 알고 있었고 피곤하게 이 말 저 말을
하지 않았다.

"모두 출격!!"

뒤이은 코르테스의 출격 신호에 모두들 환호성으로 답했
다. 그들의 사기는 이미 하늘에 닿았다.

*　　　*　　　*

상두의 군대는 베른 협곡으로 향하고 있었다.

향하는 도중 꽤나 많은 인간들을 해방했다. 당연히 해방을
위해 자그마한 적의 군대와의 교전이 있었다.

사기가 충만한 인간의 군대에게 그것은 문제가 되지 않았
다. 게다가 선봉은 상두가 아닌가. 덕분에 군사의 수도 꽤나
늘어나 있었다.

쉬지도 않고 열심히 행군하는 가운데 목적지가 가까워 왔
다.

"저기 베른 협곡이 보입니다!"

기사 중 하나의 외침에 상두는 고개를 들어 보았다.

"드디어 도착인가?"

저 멀리 베른 협곡이 보였다.

상두가 손을 들자 진군이 멈췄다.

"이곳에서 진을 차린다."

상두의 명령에 병사들은 베른 협곡의 근처에 진을 쳤다.

진을 치고 있는 가운데에도 협곡의 마족의 군대의 공격이 없었다. 상두의 군세가 가까이 와 있음에도 그저 보고만 있는 것이었다.

그들은 상두의 공격을 기다리고 있는 것 같았다.

이것은 누구든지 공격해 와도 이겨낼 수 있다는 자신감의 반증이었다.

사대마왕처럼 강력한 존재는 없지만 훈련도 잘되어 있었고 어떠한 마족의 군대보다 유기적인 군대였다.

인간의 군대 따위는 쉽게 이겨낼 수 있다고 생각하는지도 모른다.

진지를 모두 구축한 상두는 협곡을 바라보았다.

"흐음……."

상두는 고개를 갸웃거렸다.

"왜 그러는 거요?"

고르곤이 물었다.

그는 상두의 군대를 따랐다. 카이데아스의 얼굴을 보려면 상두를 쫓는 게 가장 빠르다고 생각했기 때문이다.

카이데아스의 얼굴을 보고 싶은 이유는 게릴라 시절 죽어 나간 동료들에 대한 위령이라고 말했다.

그가 따른다면 여러모로 정보를 얻을 수 있다고 판단한 상두는 그가 따르는 것을 허락했다.

"적들의 기운이 그리 강해 보이지 않습니다. 숫자도 그리 많아 보이지 않군요."

상두의 말에 고르곤은 고개를 갸웃거렸다.

"내 정보는 틀리지 않습니다."

고르곤이 발끈하자 상두는 손사래를 쳤다.

"아닙니다. 고르곤 전하가 틀렸다는 것이 아닙니다. 어쩌면 마족이 속이고 있는 것일지도 모르죠. 이들은 속임수에 능하니까요."

상두의 말에 고르곤은 고개를 끄덕였다.

"그들과 섞여 있던 나는 뼈저리게 느꼈소."

그의 인상이 나빠진다. 고르곤 그는 마족에게 귀의했던 그 때가 가장 치욕적인 때로 느껴지는 모양이었다.

하루가 지나고, 이틀이 지나도 적들의 공격이 없었다.

마족은 참을성이 그리 좋지가 않다. 속이 부글부글 끓고 있을 텐데도 그들은 잘 참아내고 있었다.

하지만 가장 이해가 되지 않는 것은 상두 역시 공격을 하지 않고 있다는 사실다.

빠르게 이동하기 위해서 이쪽 루트를 선택한 것과는 대조적인 것이었다.

일분일초가 아까운 이 상황에서 너무나 많은 시간을 허비하는 느낌이었다.

상두가 막사에서 나왔다.

그는 특유의 가벼운 옷차림이었다. 전투의 시작을 알리는 모습이었다. 모든 군대는 상두의 그 모습을 보고 눈빛이 변했다.

날카롭고 스산한 눈빛.

마족을 도륙할 준비가 그들은 되어 있었다. 그 준비는 이미 출발할 때부터 갖추어졌다.

"곧 정오가 됩니다. 기습합니다."

상두의 말에 지휘관급 기사들은 모두 고개를 끄덕이고 자신의 부하들에게 알렸다.

밤에 더 강해지는 마족의 특성을 고려한 것이었다. 낮에는 힘이 약해진다기보다는 움직임이 둔해져 조금은 상대하기 쉬운 것이다.

시간은 살같이 흐르고 정오가 되었다.

"모두 출발합니다."

상두는 주먹을 탕탕 치고 자리에서 일어나며 명령했다.

그는 명령과 함께 백인의 결사대를 이끌었다.

일단 백인의 가장 날래고 실력이 좋은 자들을 뽑아서 1차적으로 기습을 하고 작전이 성공하면 뒤이어 나머지 군사들이 합류하는 방법을 사용하기로 했다.

상두는 협곡의 위에 마련된 진지를 향해 나아갔다.

좁은 길을 따라 올라가는 루트였다. 복병을 숨겨두고 공격을 가한다면 전멸도 가능한 위치였다.

하지만 적의 공격이 없었다. 역시나 마족의 사고방식은 인간의 그것과는 조금 다른 듯했다.

"적의 공격이 없군요. 이런 곳이라면 전략이 강하지 않는 자라고 해도 복병을 숨겨둘 텐데 말입니다."

상두의 말에 고르곤은 고개를 절레 흔든다.

"마족은 이런 경우 차라리 본진으로 들어오게 하오. 적의 긴장을 풀어놓고 넓은 지역에 도착했을 때 공격을 가하지. 정신을 흩어서는 안 될 것이외다."

고르곤의 말에 상두는 고개를 끄덕였다. 이렇게 고요할수록 더욱더 신경을 써야 했다. 그렇지 않으면 집중력이 흩어지고 말 것이다.

협곡으로 이어지는 기다랗고 좁은 길을 빠르게 이동했다.

"평야가 보이는군."

상두는 심각하게 평야를 바라보았다. 적의 복병은 좁은 협곡의 길을 지나도 보이지 않았다. 전혀 공격을 가할 생각이 없는 것 같은 느낌이었다.

"이상하군……."

상두는 불길한 예감에 곧바로 적의 진지로 향하지 않았다. 지대가 높은 숲속에 몸을 숨겨 적의 상태를 살폈다.

적들은 기도를 하고 있는 중이었다. 이때는 거의 이성을 잃고 있기 때문에 공격을 가하면 손쉽게 해할 수 있었다.

"출발한다."

상두의 명령에 모두들 고개를 끄덕였다.

그들은 기민하고 조용하게 적의 진지로 몰려들었다.

"아니?"

상두는 잠시 움찔했다.

기도를 하고 있는 적들의 숫자는 그리 많지가 않았다. 이리저리 둘러보아도 예상했던 숫자에 못 미쳤다.

모두 삼천여 명.

진지가 넓다 보니 그렇게 기도를 하고 있는 자들의 숫자는 더욱더 적게 느껴진 것이다.

하지만 그렇다고 해서 당황할 필요가 없다. 지금은 그런 것을 신경 쓸 때가 아니었다.

"공격!!"

상두의 명령에 인간의 군대는 빠르게 적들을 공격했다.

갑자기 벌어진 공격에 마족들은 당황하여 기도의 트랜스에서 풀려났다. 하지만 급습에는 장사가 없었다.

마족들은 상두의 부대의 공격에 모조리 도륙당하고 있었다.

"와아아아!"

뒤이어 2차 부대도 몰려왔다.

숫자가 불어나자 마족들은 더욱더 당황하여 위기에 몰리기 시작했다.

인간의 기세는 미친 듯이 오르기 시작했다. 순식간에 적의 숫자는 세 자리수로 줄어들었다.

하지만 마족은 마족!

그들은 다시금 힘을 내어 공격을 가했다. 역시 마족은 만만한 상대들이 아니었다. 상두의 부대가 이제 밀리는 형국이 되어갔다.

기습으로 꽤나 많은 전력을 무너뜨렸지만 남은 자들의 저항이 대단했다.

지지부진한 공방전들이 오고갔다.

이것을 끝낼 수 있는 사람은 단 하나, 상두였다. 그가 직접적으로 나서기 시작했다.

지금까지는 전투의 경험이 없었던 자들에게 마족들에 대한 경험을 하게 해주려는 의도였다.

이제는 그가 나설 때!

상두는 기합을 발했다.

"하압!!"

그의 앞에 있던 마족들이 그의 기합에 머리가 터져 나갔다. 그의 놀라운 힘에 놀란 마족들이 물러서기 시작했다. 아무리 강한 마족들이라고는 하지만 그들 역시 두려움은 있었다.

그것을 가만히 보고 있을 상두가 아니었다.

상두는 마족들을 뒤쫓으며 도륙했다. 하나하나 자비심 없이 모두 쓰러뜨렸다. 평소에 지휘관을 먼저 쓰러뜨리는 것과는 다른 모습이었다.

그렇게 미친 듯이 공격을 다하고 마족의 찝찔한 피가 상두의 온몸을 적실 무렵.

"이제 너만 남았냐?"

이제 남은 것은 적의 수장.

하지만 상두는 적의 수장을 죽이지 않았다. 그의 목을 잡고 들어 올렸다. 무작정 죽이지 않고 그들에게서 정보를 캐내기 위해서였다.

"고르곤 전하, 통역해 주세요."

상두의 말에 마족 하나의 목을 따던 고르곤이 숨을 고르고 다가왔다.

"나머지 군세들은 어디에 있지?"

상두의 물음에 수장은 피식 웃음만 보일 뿐 대답지 않았다.

"말해!"

상두는 그의 목을 더욱더 옥죄었다. 아무리 단단한 마족의 몸이라고는 하지만 상두의 악력에 버티는 것은 힘들었다. 그는 켁켁 대며 몸부림쳤다.

—켁켁……! 네놈이 이렇게 시간을 버리고 있을 때가 아닐 텐데… 켁켁……!

수장의 말에 상두는 눈가를 잠시 움찔하더니 그를 바닥에 집어 던졌다. 거대한 마족은 마치 어린아이처럼 땅바닥에 널브러졌다.

"무슨 소리냐! 자세하게 말해봐!"

—후후……. 네놈이 이러고 있는 동안에도 사대마왕의 잔존 세력과 이곳의 나머지 병사들이 네놈들의 다른 군단을 박살 내러 가고 있을 것이다. 지금 출발해도 이미 늦었다. 후후…….

수장의 말에 상두의 눈가가 파르르 떨려왔다.

"함정인가……!"

하지만 마족의 말을 믿을 수가 없었다. 이 루트를 벗어나게 하기 위한 이들의 계략일지도 모른다.

"고르곤 전하, 저 말이 사실이겠습니까?"

상두의 물음에 고르곤은 고개를 끄덕였다.

"인간들은 잘 모르겠지만 마족은 거짓말을 할 때 미묘한 차이를 가지고 있소."

그는 마족 수장의 코끝을 가리켰다.

"마족들은 거짓말을 할 때 코끝이 미묘하게 흔들리지. 저 자는 지금 그런 것을 볼 때 거짓을 고하고 있는 건 아닌 것 같소만……."

고르곤의 말에 상두는 끙 하는 한숨을 내쉬었다.

"그렇군요."

상두는 수장을 노려보았다. 이제 더 이상 들을 것도 물어볼 것도 없었다.

"죽어라……!"

그는 수장의 목숨을 끊었다. 그는 죽으면서도 웃음을 보였다.

─호호호호호!! 네놈들에게는 희망 따위는 없다!!

목이 떨어지면서도 지껄이는 모습에 상두는 화가 나서 그의 머리를 발로 차버렸다.

"일단 이곳을 중심으로 진지를 재구축한다! 마족의 시체를 치워라!"

상두의 명령에 군사들은 고개를 끄덕이며 쉴 틈도 없이 마족의 시체를 치우기 시작했다.

"제길……."

그는 막사 안에서 한숨을 내쉬었다.

"어떻게 해야 하나……."

상두는 고민에 빠졌다.

이곳에 주둔하고 있던 군대의 대부분이 사부의 군단 쪽으로 향하고 있는 상황. 게다가 사대마왕의 남은 자들까지 가고 있었다.

꽤나 많은 전력이 나머지 군단 쪽으로 향해 있는 형국이다. 한쪽으로 전력이 쏠리는 덕분에 이곳 루트를 돌파하기 수월해졌다.

카이데아스를 공략할 수 있는 절호의 찬스일수도 있는 상황.

빠르게 돌진해 나가면 예상했던 것보다 빠르게 카이데아스를 이겨낼 수도 있다.

하지만 이 작전의 골자는 먼저 카이데아스가 있는 곳까지 돌파해서 기다리고 있다가 제2군단과 합류하는 것이다.

그런 상황에서 사부의 제2군단이 위험하다.

사부는 어떻게든 위험에서 벗어날 수 있을 것이다. 하지만 그 나머지 군사들은 몰살당할 것이다.

전력이 무너지는 것도 무너지는 것이지만 그런 모습을 보고 싶지는 않았다.

"가자. 가서 제2군단을 구하자."

그들을 희생하고 돌진하면 더 빠르게 모든 것을 끝낼 수도 잇을 것이다.

하지만 상두는 그렇게까지 하고 싶지 않았다. 그에게는 병사들 목숨 하나하나가 다 소중하다. 그들 역시 구해내야 할 대륙이기에…….

"카논 공."

그렇게 고민하던 차에 고르곤이 들어왔다.

"진군해야 하오."

고르곤은 잔인하게 현실을 내뱉었다.

"카논 공도 잘 아실 거요. 지금이 기회라는 것을."

"하지만 저는 제2군단을 구하기로 결정했습니다."

고르곤의 낯빛이 달라졌다. 그는 상두와는 또 다르게 생각하고 있었던 것이다.

"전쟁은 인정에 따르면 안 됩니다."

그의 말에 상두는 눈살을 찌푸렸다.

"그런 것쯤은 나도 압니다."

"그렇다면 진군 명령을 내리시오. 군사들은 지금 사기가 충만하오."

"나는 제2군단을 구하러 간다고 했습니다!"

상두는 벌떡 일어났다.

"잔말 말고 진군하란 말이다!!"

고르곤은 상두의 멱살을 거머쥐었다. 그의 눈에는 분노가 불타올랐다.

"이렇게 이 땅을 유린한 자들을 보고만 있을 것이냐! 하루 빨리 카이데아스를 쓰러뜨려야 되지 않느냐!!"

고르곤의 말에 상두는 그의 멱살을 풀었다.

"하지만 희생이 큽니다. 그들을 버릴 수 없습니다."

상두의 말에 고르곤은 그를 노려보았다.

"희생 없이는 발전도 없어!"

"압니다. 하지만 이렇게 큰 희생을 치루고 얻는 승리라면… 마족과 다를 바가 없습니다. 마족에게 사로잡혀 있는 동안 마족에게 동화되신 겁니까?"

고르곤은 상두의 말에 잠시 눈빛이 흔들렸다.

"희생은 꼭 필요합니다. 하지만 희생을 막을 수 있다면 그것도 막아야 하지 않겠습니까."

"하지만……."

고르곤은 더 이상 반박할 수가 없었다.

인간과 마족이 다른 것은 역시나 측은지심. 고르곤 역시 그런 마음을 가지고 있었다. 인간이기에…….

"진군하시려면 진군하시죠. 저는 혼자서라도 제2군단을 향해 가겠습니다."

그는 힘차게 막사 밖으로 나갔다.

"카논 공!"

밖에는 병사들이 모두 모여 있었다. 전투가 끝난 직후인데도 모두 무장을 제대로 갖추고 있었다. 그들의 눈에는 의지가 가득했다.

"저희도 갑니다."

기사들 중 가장 나이가 많은 자가 나섰다. 그러자 모두들 한목소리로 외쳤다.

"저희도 제2군단을 구하기 위해 갈 겁니다."

상두는 고개를 끄덕였다. 역시나 사람의 마음은 하나다. 그들 역시 제2군단을 그대로 두고 싶지 않은 것이었다.

뒤이어 나온 고르곤은 당황스러웠다. 모든 군사가 상두와 같은 생각을 품고 있었던 것이다.

고르곤의 얼굴이 붉어졌다.

"이게 바로 인간입니다……."

상두는 나지막하게 뒤쪽의 고르곤에게 말했다. 어려움에 빠진 동포들을 두고 볼 수 없는 것이 바로 인간이다.

"그렇군요. 잊고 있었소……."

고르곤은 고개를 끄덕였다.

*   *   *

상두의 군대는 연일 빠르게 행군했다. 밤잠도 자지 않았
다. 하지만 그들의 기운은 사그라지지 않았다. 오히려 더 불
타올랐다.

그들의 마음속에서는 조바심도 팽배했다. 일분일초가 아
깝다. 이미 적들이 먼저 출발했다.

게다가 마족의 행군 속도는 인간의 것을 상회한다. 그들이
도착하면 때는 늦었을지도 모른다.

상두 역시 눈에 불을 켰다.

사부가 있어서 어느 정도 버틸 수도 있겠지만 사대마왕의
나머지 삼 인이 모두 사부에게 달려든다면 어려울 수도 있었
다.

며칠을 내달렸는지 모른다.

빠르게 내달린 덕에 예상보다 빨리 로한 평야에 다다를 수
있었다.

"전투 중입니다!"

상두에게 들려온 보고에 그는 더 이상 보고 있을 수만은 없
었다!

"하압!"

그는 공중으로 솟아올라 빠르게 날아갔다.

빠르게 날아가던 상두는 인간 군대 진영 앞에 착지했다.

"그만!"

상두는 허공에 손을 휘저었다. 그와 함께 충격파가 뿜어져나와 마족들을 뒤덮었다.

강한 풍압!

엄청난 풍압으로 인해 적들이 마구 날아가 나가 떨어졌다.

전투가 멈췄다.

상두가 들어서자 모두들 전투를 멈춘 것이다. 마족들은 상두의 모습에 두려움에 떨었고, 인간의 군단은 어안이 벙벙했다.

"모두 물러나라!!"

상두는 강한 사자후와 같은 외침에 마족들은 두려움에 모두 물러나기 시작했다.

인간의 군대는 물러나는 마족의 모습에 환호성을 내뿜었다.

일시 휴전.

상두의 등장으로 두 진영은 일시 소강상태가 되었다. 마족이 상두로 인해 차마 공격할 엄두를 못내는 것 같았다. 덕분에 작은 소모전조차 벌어지지 않았다.

"후우……."

상두는 멀리 마족의 진영을 바라보았다.

이제야 혼란스럽던 군단의 분위기를 다잡아 짬이 생긴 것
이었다.

상두가 빨리 결정을 내린 탓에 사상자는 그리 많지 않았다.
전력의 누수는 거의 없다고 봐도 무방했다.

"이제야 조금 여유가 생기는구나."

상두의 사부가 그에게 다가왔다. 상두는 고개를 끄덕이며
슬쩍 웃음을 보였다.

"하마터면 군단 전체를 잃을 뻔했다. 미안하구나, 카논."

사부의 말에 상두는 고개를 가로저었다.

"아닙니다. 사부님은 최선을 다하셨습니다. 덕분에 제가
올 때까지 군단의 피해를 최소화할 수가 있었습니다."

상두의 말대로 그의 사부가 버텨준 덕분에 피해를 줄일 수
가 있었다. 그가 아니었더라면 순식간에 전면했으리라.

"무엇보다 걱정은 지휘부입니다."

"지휘부?"

"지금은 군단이 로한 루트로 쏠려 있는 상황이 아닙니까.
적도 어느 정도 여유가 생겼으니 지휘부를 공격할지 모릅니
다."

상두의 고민은 일리가 있었다. 모든 병력이 쏠려 있으니 지휘부를 공격해 무너뜨린 다음 후미를 공략해도 좋은 방법일 것이다.

하지만 사부는 동의하지 않았다.

"마족은 우리가 생각하는 것과 다르다. 마족들의 특성은 네 녀석도 알 테지만 목표가 생기면 그 목표만 공략한다. 그들의 가장 큰 표적은 네 녀석이다. 그러니 조심해야 하는 것은 지휘부가 아니라 네 녀석이야."

사부의 말에 상두는 다시금 깨달음을 얻었다. 역시나 사부는 통찰력이 있었고, 상두는 그로 인해 배운다. 사부는 그에게 영원한 멘토인 것이다.

"그렇다면 지체할 필요가 없겠군요."

상두가 표적이라면 이런 곳에서 숨을 고를 필요가 없었다. 계속해서 치고 나가야 오히려 시간도 절약될 것이다.

"그렇지. 이 루트를 최대한 빠르게 공략하는 것이 좋을 것 같다. 결국 코르테스의 말처럼 된 건가?"

사부는 웃음을 보인다. 상두 역시 웃음을 보인다.

코르테스의 유약한 의견이 받아들여지지 않았는데 오히려 그의 생각대로 되어버린 상황이 그저 웃음만 나왔다.

"적의 습격이다!"

진지에 울리는 우렁찬 초병의 외침!

그와 동시에 진지의 오른쪽에서 폭발이 일어난다. 큰 규모는 아니었지만 병사들의 주위를 환기시키기에는 충분했다.

"적의 습격인가!"

상두는 심각한 표정이 되었고 사부 역시 표정이 굳었다.

"가자!"

사부가 먼저 상두를 이끌었다. 하지만 이내!

"적이다!"

이번에는 진지의 왼편에서 폭발이 일어났다!

조금 전과 비슷한 규모의 폭발…….

덕분에 군사들의 시선이 좌우로 분리되었고 어찌할 바를 몰라 허둥대고 있었다.

"양동공격인가! 난 왼편으로 가겠다!"

사부가 급박하게 말하자 상두는 고개를 끄덕였다.

'드디어 시작인가!'

폭풍의 전야는 이제 끝이 났다.

본격적으로 폭풍과 대결해야 하는 시간이 다가왔다. 상두는 주먹을 꼭 쥐었고 어떻게든 이 상황을 타계할 것이라고 굳게 마음을 먹었다.

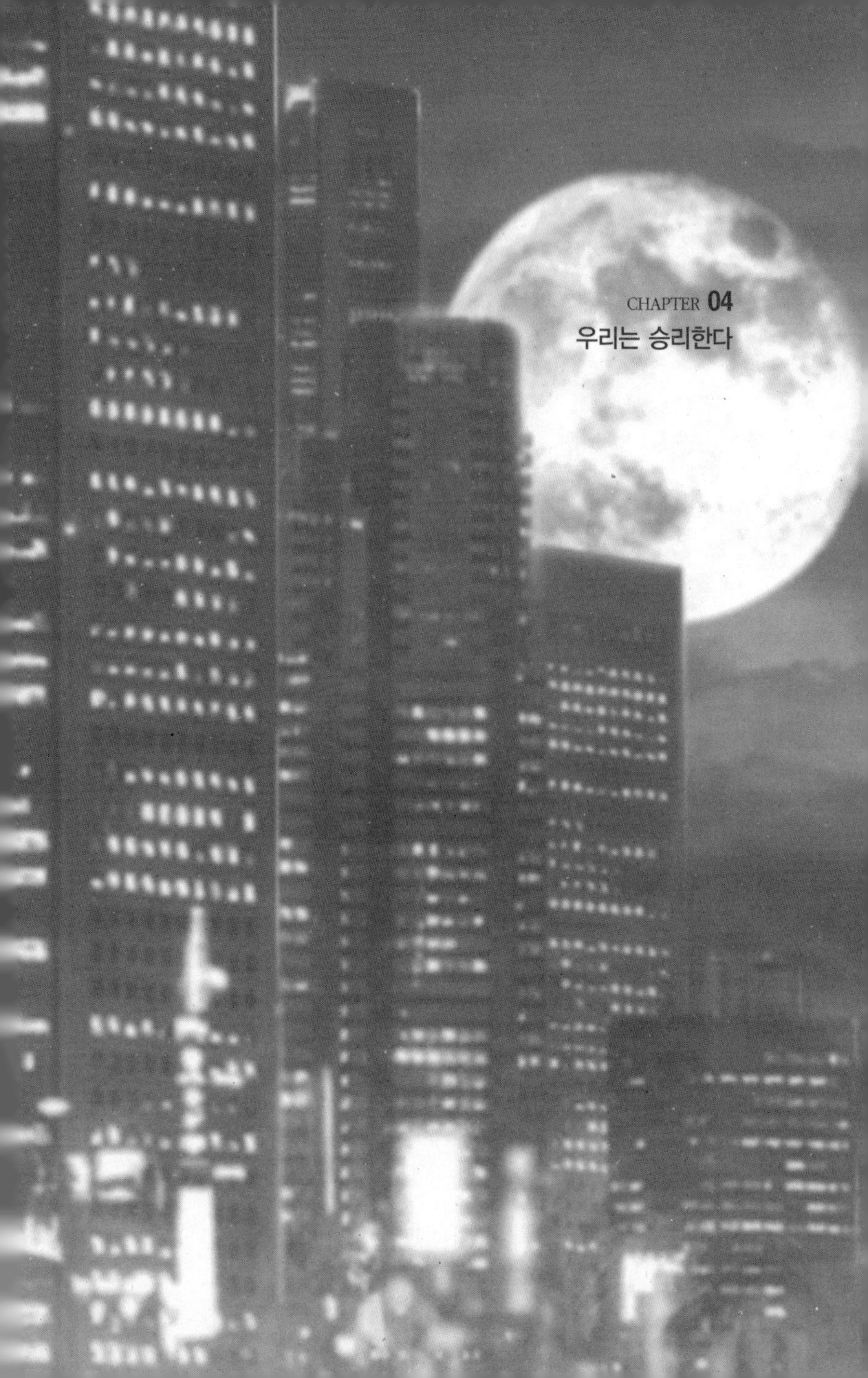

CHAPTER **04**

우리는 승리한다

상두는 빠르게 진지를 헤치고 나아갔다.

그야말로 진지의 상황은 아비규환……

비명을 지르며 도망치는 병사들도 있었고, 정신이 붕괴되어 미친 사람처럼 변한 자들도 있었다.

아비규환이었던 병사들은 상두의 모습을 확인하기 시작했다.

"카논님이다!"

"카논님이 오셨다!"

그들의 웅성임이 사방으로 전달되면서 그들은 정신을 차

리기 시작했다. 모두들 상두를 중심으로 모였다. 상두를 선두로 하여 그들은 뒤를 따랐다.

적이 난동을 부리는 지점에 도착한 상두는 당황했다. 이렇게 큰 소요를 일으키는 것은 한 명의 마족이었다.

아무리 강력한 마족이라고는 하지만 한 명으로는 이런 큰 소동을 일으키지 못한다.

"코르돈······!"

등에 박쥐의 날개 같은 것이 달린 이는 사대마왕 중 하나인 흑천왕 '코르돈' 이었다. 베른 협곡의 마족의 수장이 말한 대로 사대마왕의 출진은 사실이었던 것이다.

그는 거침없이 병사들을 도륙했다. 그의 손짓 발짓 하나하나에 수많은 군사들은 추풍낙엽이었다. 뒤늦게 합류한 병사들은 그 모습에 경악을 금치 못했다. 덕분에 다리가 굳어 움직일 수가 없었다.

"오호라. 오랜만이군, 카논! 얼굴이 바뀌니 어색하지만 그 기운은 그대로이구만!"

살육을 하던 코르돈은 상두를 발견하고는 반갑게 맞이했다.

또박또박한 어조로 말하는 그는 마계군 중 가장 머리가 좋은 자이다. 덕분에 힘은 강하지 않지만 상당히 골치가 아픈 사람이다.

어쩌면 사대마왕이라고 불리는 자들에게 만만한 자들은 없는 것이 당연한지도 모른다.

그는 도륙을 멈췄다.

상두를 보며 히죽 웃음을 보였다.

"이렇게 빨리 메인디쉬가 나올 줄은 몰랐는데? 네놈의 늙다리 사부가 이쪽으로 올 줄 알았는데 말이야. 꽝이 아니라 다행이야!"

상두는 날카로운 눈초리로 코르돈을 바라보며 외쳤다.

"이제 내가 왔으니 일대일로 대결하자!"

"그럴까?"

코르돈은 흔쾌히 상두의 의견을 따라주는 것 같았다.

하지만······.

"싫은데?"

코르돈이 손을 뻗자 병사 수십 명이 공중으로 떠올랐다.

"너와 대결해서 이길 자신이 없거든?"

그가 뻗은 손을 주먹을 쥐자 병사들이 모두 폭발하고 말았다.

"제기랄!"

상두는 코르돈을 향해 달려들었다.

"어이쿠! 안 되지!"

코르돈은 공중으로 솟아올랐다. 상두가 그를 잡기 위해 솟구치자 다시 아래로 빠르게 내려왔다.

"우히히히히!"

코르돈은 기괴한 웃음소리를 내뿜으며 병사들을 도륙하기 시작했다.

"제기랄!!"

상두는 이를 저지하기 위해 빠르게 나아갔다. 더욱더 빠른 속도로 이동할 수 있었지만 그 여파로 병사들이 부상을 입을 것이다.

하지만 그렇다고 병사들이 도륙하는 것을 보고만 있을 수 없었다.

어쩔 수 없이 상두는 빠르고 짧게 이동하며 코르돈을 잡기 위해 나아갔다. 빼곡한 숲속의 나무처럼 박혀 있는 병사들을 모두 피하려니 고도의 집중력이 필요했다.

하지만 역시나 소용이 없었다.

공중과 지상을 병행하는 코르돈을 잡으려면 상두 또한 최대의 속도를 사용해야만 했다.

"제기랄!!"

그의 몸에서 강렬한 기합이 뿜어져 나왔다. 덕분에 주변에 있는 병사들이 그 여파로 사방으로 튕겨져 나갔다.

"하압!!"

그는 공중으로 솟아올랐다. 그리고 빠르게 날아다니는 코르돈을 향해 날아갔다. 그 충격파로 인해 주변의 병사들이 날아가며 사방에서 나뒹굴었다.

상두는 그들이 신경 쓰였지만 어쩔 수 없었다. 지금은 코르돈을 잡는 것이 중요했다.

"헛!"

빠르게 나아온 상두의 모습을 확인한 코르돈은 당황했다. 그를 대비할 틈도 없이 그의 목으로 상두의 손이 날아왔다.

"하아아압!!"

상두는 더욱더 빠르게 속도를 올렸다.

목을 잡힌 코르돈은 풍압과 중력의 영향으로 목이 빠질 듯 아파왔다! 하지만 마왕이라는 자존심이 끝까지 그의 몸을 버티게 만들었다.

"죽어라!"

어느 정도 진영에서 멀어졌다는 것을 느낀 상두는 코르돈을 저 멀리 큰 바위산을 향해 날려 버렸다.

쿠구구궁!

땅과 하늘을 진동시킬 정도의 커다란 폭음!

바위산이 우르르 무너져 내리며 사방에 돌가루와 흙먼지를 뿜었다.

"후우……."

상두는 한숨을 내쉬었다. 진영에서 코르돈을 떼어냈으니

한숨 돌릴 수 있었다.

하지만 사대마왕이라고 불리는 자들 중 하나였다. 그가 이렇게 쉽게 쓰러질 리는 없을 터.

"그만 나오지그래? 그런 공격으로 당할 놈이 아니라는 것쯤은 알고 있다!"

상두의 으름장에 무너진 바위산의 돌덩이가 공중으로 솟아올랐다.

상두는 몸을 기민하게 움직이며 날아오는 돌들을 피했다.

"여기다!"

코르돈은 상두의 뒤쪽에서 날아왔다. 그는 손을 쫙 펴서 칼날처럼 만들어 돌진했다!

하지만……!

"내가 당할 성싶으냐?"

상두의 몸은 희미하게 흩어졌다.

"잔상!"

상두의 모습은 잔상이었다. 코르돈은 상두의 계략에 당한 것이었다.

"잔머리는 통하지 않아!"

상두는 강하게 그의 얼굴을 내려쳤다. 엄청난 굉음과 함께 코르돈은 다시 아래로 떨어져 내렸다.

"크윽……!"

그는 벌떡 일어났다.

"뭐지, 이 말도 안 되는 힘은……!"

사대마왕이라는 자가 놀라고 말았다.

"이렇게까지 강해졌을 줄이야……! 예전의 힘을 능가하……!"

코르돈의 배를 뚫고 상두의 주먹이 솟아 나왔다.

"…는군……."

그는 잠시 상두의 솟아나온 팔을 바라보더니 살짝 웃음을 비친다.

"쿨룩……!"

그러고는 피를 토해냈다. 상당히 많은 양이다. 이 정도의 피를 토해냈으니 그는 더 이상 회생은 불가할 것이다.

"잔머리를 쓰다보면 그렇게 되는 것이다."

"후후… 어차피… 내 임무는 너의 발목을 잡는 것."

코르돈이 상두의 팔을 잡았다. 그의 얼굴에는 회심의 미소가 감돌았다.

"응?"

상두는 그에서 손을 빼기 위해 힘을 주었지만 잘 되지 않았다.

"잘 가라… 인간……!"

그의 몸에서 빛이 번뜩하고 뿜어져 나오더니 커다란 폭발을 일으켰다.

세상을 다 집어 삼킬 듯한 폭발!

사방으로 빛이 뿜어져 나왔고 열기가 뿜어져 나왔다. 주변의 나무나 생명들은 모두 산화되는 위력!

폭발은 사방 2킬로미터까지 뿜어져 나왔다. 그 후폭풍은 그 이상 퍼져 나갔다. 사방이 흙먼지로 가득 찼다.

폭발이 지나갔다.

세상이 고요해지는 것 같았다. 흩날리던 흙먼지가 걷히고 폭발 현장의 모습이 드러났다. 폭발 지점에는 커다란 구덩이가 남겨졌다.

"후우… 죽을 뻔했네……."

상두는 그 구덩이의 중심에 서 있었다. 그의 온몸에는 푸른 반투명의 배리어가 쳐져 있었다.

"아슬아슬했어."

폭발 직전 상두가 본능적으로 배리어를 치지 않았다면 정말로 위험했을 상황이다. 그의 동물적 감각이 그의 목숨을 살린 것이다.

그의 앞에는 껍데기만 남아 있는 코르돈의 모습이 보였다. 그의 껍데기는 아직도 웃고 있었다. 그는 껍데기를 발로 걷어 찼다.

파삭 하며 부서지는 코르돈의 껍데기에서 목소리가 흘러

나왔다.

―너의 어깨는 저주를 받았다.

"빌어먹을 놈! 사념까지 남은 것이냐!"

그는 코르돈의 껍데기를 발로 미친 듯이 밟고 없애 버렸다.

"이러고 있을 때가 아니다."

그는 공중으로 솟아올랐다.

"크윽… 팔이……."

그는 팔이 아픈 듯 어깨를 움켜쥐었다. 폭발의 위력에 그의
팔에 약간의 부상을 입은 것 같았다. 하지만 지금 이러고 있
을 시간이 없었다.

한시가 급하다!

빠르게 격전지로 향했다.

그가 도착했을 때에 모든 것이 종결되어 있었다.

"왔느냐."

그의 사부가 사대마왕 중 하나의 목을 들고 있었다. 꽤나
지쳤는지 사부는 허리를 굽히며 크게 호흡했다.

"다행히 끝이 났군요."

상두의 말에 사부는 웃음을 보이며 답했다.

"거의 전멸이군요."

진영을 피해는 심각했다.

이제 남은 병사의 수는 천여 명.

거의 전멸하다시피 한 절망적인 숫자였다.

"역시나 소용이 없는 짓이었군요."

상두는 한숨이 나왔다. 모든 것이 소용이 없었다. 아무리 인간의 군세를 모아봤자 마족에게는 당해낼 재간이 없었다.

"마족에게는 역시 역부족이었던가요?"

상두는 주먹을 부들부들 떨었다. 꽉 쥔 주먹에서 피가 한 방울씩 뚝뚝 떨어지고 있었다. 사부는 그런 상두의 모습을 측은하게 바라보았다.

"카논……."

그는 떨리는 상두의 등을 토닥여 주었다.

"저 혼자서 갑니다."

상두가 입을 열었다. 사부는 눈을 크게 떴다.

"혼자서 카이데아스를 상대하겠다고? 아니 수만은 마족들을 상대하겠다는 것이냐?"

"사부님도 보셨잖습니까. 인간의 군세는 아무리 모아 봐도 소용이 없습니다. 그들의 헛기침에도 모두 전멸할 겁니다."

"하지만 서로 힘을 합친다면 큰 효과가 나타날 거다!"

"아닙니다. 소용이 없습니다."

상두는 결의에 가득 찬 표정이었다.

"그때도… 카이데아스를 봉인할 때도 혼자였습니다. 이런 군세를 모은 것 자체가 너무 안일한 생각이었습니다. 덕분에 얼마나 많은 사람들이 목숨을 잃었습니까? 역시 혼자의 힘으로 싸워야 했습니다."

사부는 한숨을 내쉬었다. 더 이상 카논에게는 어떠한 말도 통하지 않을 것 같았다.

이렇게 고집을 부릴 때는 사부인 자신도 말릴 수 없다는 것을 잘 알고 있었다. 하지만 카논을 사지로 외롭게 내몰 수는 없었다.

"그렇다면 나도 같이 가마."

"사부님은 남은 부대를 이끌고 후퇴해 주십시오."

"너 혼자 어떻게 보내느냐. 예전 봉인 때에도 운이 한편이었기에 가능한 것 아니었느냐!"

"그럼 남은 천 명의 군사는 어쩌시려는 겁니까?"

상두의 말에 사부는 더 이상 말을 이을 수가 없었다. 이 남은 천 명을 마족에게 지키며 함께할 수 있는 사람은 그밖에 없었다.

"혼자 할 수 있겠느냐?"

상두는 고개를 끄덕였다. 하지만 그는 상두가 걱정이 되는 것이 어쩔 수가 없었다. 아직까지 그에게 카논은 어린아이로밖에 느껴지지 않는 탓이었다.

"걱정 마세요. 저는 이제 사부님보다 강합니다."

상두의 말에 사부는 더 이상 걱정하지 않으려 했다. 그 말대로 상두는 그보다 강하다. 더 이상 품 안에 있던 그 상두가 아니었던 것이다.

"그래… 너를 믿으마."

그는 상두의 어깨를 툭하고 쳤다. 그러자 상두의 표정이 약간 일그러지는 것을 느낄 수가 있었다. 하지만 이내 상두는 미소를 보였다.

"어깨… 아픈 거냐?"

사부의 물음에 상두는 손사래를 쳤다.

"아닙니다. 아니에요. 잠시 지쳐서 그렇습니다."

상두의 상태가 의심이 드는 사부였지만 일단 그의 원하는 대로 해주기로 했다.

*   *   *

천 명의 모든 군사는 퇴각할 준비가 되었다.

그들의 얼굴에는 침울함이 감돌았다. 연일 승리했고 연일 전진했다.

이제 승리에 도취되었고 조금만 더 참으면 다시금 세상을 마족의 손에서 구해낼 수 있을 것이다.

그런 그들에게 퇴각은 익숙하지 않았다. 아니, 용납될 수가 없었다.

상두는 돌아선 채 모든 준비를 마친 그들을 바라보지 않았
다.

그들의 침울함을 바라보면 그 역시 전염이 될까 해서였다.
그의 사부만이 상두에게 다가왔다.

"정말로 혼자 갈 수 있겠느냐."

상두는 대답치 않고 고개만 끄덕였다.

"그래… 알았다."

사부는 그의 어깨를 토닥였다.

"이만 가보겠다. 몸조심해라, 바보 제자놈아."

그의 말에 상두는 옅은 웃음만 보일 뿐이었다.

천명의 움직이는 발걸음 소리가 멀어진다. 상두는 그 소리
를 듣고만 있었다. 이제 아예 들리지 않게 되자 그는 뒤돌아
섰다.

막사도 남아 있지 않았다.

병사들의 흔적은 그저 불을 피웠던 흔적밖에 없었다.

"이제 가볼까? 크윽……."

그는 다시 어깨를 부여잡았다. 고통이 생각보다 심각했다
하지만 그는 이를 악물고 버텨냈다.

"이럴 때가 아니다. 움직여야 한다."

그는 품 안에서 천둥새의 깃털을 꺼냈다.

다시 한 번 그의 도움을 받아야 할 것 같았다. 그의 힘으로

날아가는 것이 더 빠를 수 있지만 그만큼 힘을 많이 사용해야 한다.

얼마나 많은 마족들을 상대해야 할지 모르는 상황에 그것은 자살행위일 것이다.

지난번 마지막이라고 그는 말했다. 분명히 도와주지 않으려 할 것이 뻔했다. 하지만 걸어서 간다면 꽤나 오랜 시간이 걸린다.

깃털에서 빛이 뿜어져 나왔다. 얼마 지나지 않아 천둥새가 저 멀리서 날아오면 거대한 위용을 뽐냈다.

―또 무슨 일이냐, 인간!

풍압을 내뿜으며 날갯짓 하는 천둥새는 몹시 화가 나 있는 것 같았다.

"또 한 번 도와줘야겠습니다."

―나는 지난번 분명히 마지막이라고 말했을 텐데!

역시나 천둥새는 지난번이 마지막으로 생각하는 것 같았다.

"마지막이라고 하면서 왜 또 온 거죠?"

상두의 물음에 그는 몸을 부르르 떨며 대답했다.

―우리 신수는 약속은 지켜야 한다. 그때 약속했잖아. 부르면 달려온다고. 이번에는 왜 또 부른 거야?

"카이난으로 가주십시오."

카이난의 말에 절대 천둥새는 날개를 펄럭이기 시작했다.

—카이난은 절대로 못가! 못 간다고!

카이나는 대륙의 제국이자 카논의 모국인 코른 제국의 수도이다. 그곳에는 지금 카이데아스가 머물고 있는 곳이다.

"할 수 없군요."

상두의 몸이 흩어지듯 사라진다. 천둥새는 당황하여 두리번거렸다. 하지만 이내 그의 눈앞에 상두가 나타났다.

"이대로 죽고 싶습니까?"

상두는 손을 천둥새를 향해 겨눴다.

그의 손에 이글거리는 푸른 기운이 맺히기 시작했다. 맹렬히 불타오르는 푸른 기운은 금방이라도 천둥새를 불태울 것만 같았다.

적막감이 감돌았다.

천둥새는 아무런 말없이 상두는 그저 그를 노려볼 뿐이었다. 노려는 보았지만 그는 심적으로 위압감이 느껴졌다.

그렇게 적막하기를 수여 분.

—어쨌든 난 너를 도울 수 없어.

천둥새는 상두를 돕지 않기로 결정을 내렸다. 카이난으로 간다는 것은 죽으러 간다는 말과 같다.

신수로서 자존심이 상했지만 어쩔 수가 없었다. 그 역시 목숨은 중했다.

"정말입… 니까…?"

상두의 손의 푸른 기운이 점점 더 강렬해졌다. 그제야 천둥새는 날개를 펄럭이며 공중으로 솟아올랐다. 이대로 있다가는 상두에게도 큰일을 당할 것만 같았다.

—나는 모르는 일이야! 나는!

속도를 높이려 더욱더 날개를 퍼덕였지만 상두는 이미 그의 머리 위로 올라와 있었다.

"지금 바로 선택해라. 여기서 죽느냐, 아니면 카이데아스에게 죽느냐……."

상두의 기운은 침착했다. 흥분하지도 또 심하게 가라앉지도 않았다. 이 침착한 기운이 천둥새는 더 두려웠다. 아무런 감정의 거리낌 없이 죽일 수 있다는 의사 표현으로 그에게 비춘 것이다.

—알았어! 알았다고! 함께 가면 될 거 아니야!

천둥새는 자신의 등을 허락했다. 더 이상 고집을 피웠다가는 이 자리에서 죽임을 당할 것만 같았다.

—내가 어쩌다가 인간에게 이렇게 코가 꼈나 몰라!

그는 투덜거렸지만 상두는 사람 좋은 인상으로 히죽 웃었다. 천둥새는 어이가 없었다. 조금 전까지 자신을 죽일 기운을 내뿜던 자가 아닌가.

—그렇게 웃지 마! 더 소름끼치니까!

천둥새의 말에 상두는 다시금 웃고는 그의 등에 올라탔다.

"갑시다. 이번에도 잘 부탁드립니다."

상두는 호방하게 천둥새에게 말했다.

─카이난까지는 안 갈 거야. 그 근처에 내려줄 테니까 그 이후에는 알아서 하라고!

하지만 천둥새는 그렇게 퉁명스럽게 읊조리고는 힘찬 날갯짓과 함께 공중으로 솟아올랐다.

＊　　＊　　＊

카이난까지는 천둥새의 속도라도 꽤나 걸리는 편이었다.

하루면 나라에서 나라로 이동하는 속도의 천둥새였지만, 두세 개의 나라를 걸쳐서 날아가려니 며칠이 소요된 것이다. 이 정도도 천둥새가 노력해서 이뤄낸 결과이다.

─더 이상은 가지 않겠다. 이곳에서 내려주지.

천둥새는 약속대로 카이난까지 날아가지는 않았다. 카이난 근처의 마족들이 많이 없는 곳에 상두를 내려주었다. 그곳은 빛의 신의 성지로 유명한 곳이었다. 대부분의 성지가 날조로 이루어진 곳인데 이곳만은 아직까지 마족의 기운에 오염되지 않았다. 이곳은 진정으로 성지임에 틀림이 없었다.

"감사합니다."

상두는 그에게 예를 표해 인사했다. 하지만 천둥새는 콧방귀를 끼며 퉁명스럽게 대답할 뿐이었다.

—다시 한 번 말하지만 마지막이야. 다시는 네놈을 내 등에 태울 일은 없을 거야.

상두는 고개를 끄덕이더니 깃털을 내밀었다.

"나도 이번이 마지막입니다. 다시는 부르는 일이 없을 겁니다."

그의 말에 천둥새는 의아한 듯 고개를 갸웃거린다.

—뭐야? 왜 그러는 거야?

"지금까지 정말 감사했습니다."

그의 대답과 인사에 천둥새는 의아했다. 도와주지 않는다고 계속 떼를 쓰기는 했지만 상두와 함께하는 것이 그리 즐겁지 않은 것은 아니었다.

—각오를 했나 보군.

천둥새의 물음에 상두는 고개를 끄덕였다.

—조심하라고, 인간.

그는 걱정의 한마디를 남기고 공중으로 솟아올랐다.

천둥새는 빠르게 이곳을 벗어났다. 마족들에게 들킬까 노심초사인 것 같았다.

괜히 카이데아스의 시야에 잡히면 천둥새라도 무사하지 못하다.

천둥새가 순식간에 사라지나 상두는 숨을 크게 들이마셨다.

"이제 마지막이 되리라……."

이제 필사의 대전이다.

그럴 수밖에 없는 것이 마지막이라는 결사 항전의 정신이 없다면 이겨낼 수 없는 상대이다.

힘을 완전히 되찾지 못한 카이데아스라고 하지만 지금의 상두와 필적하는 힘일 것이다.

천둥새의 깃털을 준 것은 죽을 수도 있다는 것을 의미했다. 하지만 그렇다고 패배를 생각하는 것은 아니다.

어떻게든 승리할 것이다. 아니 승리해야만 한다. 상두는 다짐을 하듯 주먹을 불끈 쥐었다.

상두는 힘차게 걸음을 내딛었다.

이곳과 카이난의 거리는 걸어서 하루 거리.

상두의 걸음으로는 서너 시간이면 충분하다. 일단은 이곳 성지를 먼저 벗어나야 했다.

성지는 생각보다 넓지 않아 빠르게 벗어날 수가 있었다. 성지를 벗어나니 언제 그랬냐는 듯 다시 검은 연기로 가득 찬 세상과 조우할 수 있었다.

안개와 같은 검은 연기 사이로 인영이 비춰졌다. 인연은 점점 다가와 상두의 앞에 섰다.

"오셨군요."

마족답지 않은 말끔한 인간의 외모. 하지만 피부색이 마족과 비슷한 회색이었다.

"카이데아스의 사자냐?"

상두의 물음에 그는 인간의 예를 갖추며 대답했다.

"새로이 카이데아스님의 라이트핸드가 된 카르고라고 합니다."

제법 자세도 제대로 된 것이 꽤나 인간다운 모습이었다.

"카르고? 마족의 이름이 아닌데?"

상두가 이런 의심을 하는 것도 당연했다. 그는 마족보다는 인간 쪽에 가까운 외모와 행동거지를 보인 것이다.

"저는 하프입니다."

역시나 그는 인간과 마족의 혼혈이었다. 덕분에 이렇게 인간의 언어를 출중하게 할 수 있고 행동거지도 인간에 가까웠던 것이다.

"카이데아스의 오른팔은 사대마왕 중 하나가 아닌가?"

상두는 의아했다. 쉽게 자리가 바뀌지 않는 마왕의 서열인데 조금은 파격적으로 느껴졌다.

"그자를 죽였으니까요. 그리고 라이트핸드의 작위를 얻었죠."

역시나 그는 죽임을 당했다. 그리고 이 카르고라는 자가 그 자리에 올라선 것이다.

카르고…….

그의 눈은 잔인함이 감돌았다.

반쪽이 인간인 마족…….

누구보다 인간을 증오하는 마족들 사이에서 반쪽짜리 마족으로 살아남기란 힘들 것이다.

살아남으려면 그들보다 더 잔인하게 나서야 했을 것이다. 그는 그렇게 마족보다 더 잔인한 길로 들어섰고 기어코 라이트핸드의 자리에 앉은 것이다.

"마차를 준비했습니다. 타시죠."

그는 상두를 이끌었다. 그 마차는 상두를 배려해서인지 인간의 마차 그대로였다.

"적과 한곳에 있으라는 말인가?"

"저는 적이 아니고 사자입니다. 게다가 카이데아스님은 신사적이십니다. 후후……."

"신사적인 놈이 이렇게 인간계를 무너뜨린 것이냐?"

"어쩔 수 없었죠. 마계도 포화 상태였으니……. 어쨌든 오르시죠. 어떠한 간계도 없을 것입니다."

상두는 의심을 놓지 않았다.

하지만 일단은 마차에 올랐다. 어차피 적의 소굴로 들어가려고 했다.

급습은 거의 불가능하기에 당당하게 몰려드는 마족들을

모두 처리할 생각이었다.

하지만 이렇게 마차를 타고 간다면 그런 수고를 덜 수가 있었다. 독대하는 카이데아스를 공격하면 더 손쉬워질 수 있었다.

마차를 타고 가는 내내 상두는 아무런 말을 하지 않았다. 밖을 바라보며 인상을 찌푸릴 뿐이었다. 검은 연기와 어우러진 그로테스크한 여러 가지 건물과 생물들이 그의 인상을 찌푸리게 만들었다.

"풍경이 마음에 들지 않으십니까?"

카르고의 물음에 상두는 아무런 대꾸하지 않았다.

"저도 어느 정도 인간의 피가 흐르다 보니 가끔 이런 풍광이 그리 좋게만 느끼지 않더군요."

"그런 사람이 마족의 편을 들어 인간계를 침공한 것인가?"

상두의 물음에 그는 웃음을 보였다.

"드디어 대답하실 마음이 생기신 겁니까?"

"시끄러워."

상두의 까칠한 태도를 보였다. 조금이나마 인간의 피가 섞인 그가 마족의 편을 들었으니 그와 말을 섞기가 싫은 것도 사실이었다.

그래도 카르고는 넉살 좋은 웃음을 보이며 말을 이었다.

"어쩔 수가 없었습니다. 저희도 침공하고 싶지 않았으니까요. 그저 인간들과 협의를 통해 어느 정도의 영토를 허락받는 것은 어떨까 하는 생각도 해보았습니다. 마족들에게도 온건파는 있으니까요. 하지만… 카이데아스는 그런 것을 원치 않았죠. 힘이 있으니까 무조건 뭉개야 한다고 생각했습니다."

"카이데아스?"

상두는 잠시 그의 말투를 지적했다. 그의 지적에 카르고의 눈동자가 잠시 흔들렸다.

"자신의 신을 그렇게 부르는 자도 있나?"

상두의 물음에 그는 다시 웃음을 보이며 대답했다. 지금까지와는 다른 사무적인 감정이 담기지 않는 건조한 웃음이었다.

"들켰군요. 저 역시 온건파입니다."

"그런 놈이 카이데아스의 라이트핸드가 되었단 말이냐?"

"믿지 않으셔도 좋습니다. 하지만 제가 카논 당신께 접촉한 이유는 당신에게 승산이 있다고 믿기 때문입니다. 이기고 나서 마족들의 처우에 대한 협상의 유리한 고지를 점하기 위해 당신과 접촉했습니다."

"그 말을 나보다 믿으라는 거냐? 카이데아스가 그런 것도 모를 거라고 생각하나?"

"물론 카이데아스도 알고 있습니다."

상두는 적잖게 놀라는 듯 눈을 크게 떴다. 그런데도 반대세력이라고 할 수 있는 자를 라이트핸드의 자리에 올렸단 말인가?

"카이데아스는 자신의 힘을 과신하고 있습니다. 자신이 모든 것을 다 파괴할 수 있다고 믿고 있으니까요. 누구든 옆에 두어도 상관없다고 생각하고 있습니다. 저 역시 인간계 침공에 필요한 존재라고 생각하고 옆에 둘 뿐, 믿지는 않습니다."

그의 설명에도 상두는 믿을 수가 없었다. 아무리 힘이 강하다고 해도 이건 말이 되지 않는다고 생각했다.

그렇게 마차는 카이난에 조금씩 닿고 있었다.

"이곳이……."

상두는 인상을 찌푸렸다.

카이난이 변해 있었다.

아름답고 영화롭던 곳이었다. 대륙 그 어떤 도시보다 윤택했던 곳이었다.

그런데 그 영화롭고 윤택하던 이곳에 마족의 볼썽사나운 건물들이 난립해 있었다. 신을 부정하고 대지를 유린하는 건물들도 많았다.

그의 모국의 수도가 이렇게 변해 버리니 상두의 가슴은 쥐어짜듯 아파왔다.

"거의 다 왔습니다. 저곳이 카이데아스의 마전(魔殿)입니다."

카르고의 설명에 상두는 그가 가리킨 방향을 바라보았다. 그리고 더욱더 가슴이 옥죄는 느낌을 받았다.

카이난에 웅장하게 펼쳐졌던 황제의 궁전은 이제 참혹한 마족의 흉물스러운 건축물로 탈바꿈했다.

마차는 그 흉물스러운 마전으로 들어갔다.

"이제 내리시죠."

카르고가 먼저 마차에서 내렸다. 뒤이어 상두가 내리자 마전 안의 마족들이 움찔했다.

카르고의 설명에 마족들은 그제야 고개를 끄덕였다. 상두가 이곳에 온다는 것을 말단 마족들은 아직 모르고 있었던 것이다.

그가 카르고와 함께 마전으로 들어서자 마족들이 웅성거리고 있었다.

이미 상두가 이곳에 당도한다는 소문을 들은 마족도 있었지만 실제로 직접 마주치니 당황할 수밖에 없었다. 개중에는 상두에게 대놓고 적의를 드러내는 이들도 있었다.

카르고가 안내한 곳은 마전의 가장 깊숙한 곳의 방이었다.

그곳은 바로 카이데아스의 알현의 방.

"이곳에 카이데아스 '님께서' 계십니다. 안으로 들어가시면 될 겁니다."

카르고의 말에 상두는 고개를 끄덕였다.

그는 주먹을 쥐었다.

이제 마지막 혈전이 있을 것이다. 사생결단의 싸움⋯ 상두는 힘을 주어 문을 열었다.

"흠⋯⋯."

상두는 적잖게 당황했다. 그를 먼저 반긴 것은 기다란 식탁의 음식이었다.

"어서와."

카이데아스는 기다란 식탁 끝에 앉아 상두를 맞이했다.

"먼 길 오느라 수고했다. 일단 식사부터 하지그래?"

그의 말에 상두는 인상을 찌푸렸다.

"이게 무슨 짓이냐, 카이데아스."

"식사 대접이다. 일단 앉지그래?"

카이데아스의 말에 상두는 끙 하는 한숨과 함께 탁자에 앉았다. 적과의 기묘한 독대에 상두는 살짝 당황스러웠다.

"먹지그래? 독 같은 것은 타지도 않았어."

카이데아스의 말에 상두는 그저 물만 꿀꺽꿀꺽 마셨다.

"나는 독 같은 것에 당하지 않아. 적이 주는 음식을 먹고 싶지 않을 뿐이지."

상두의 말에 카이데아스는 히죽 웃음을 보였다.

"인간의 음식도 입맛에 맞추다보니 나쁘지 않군그래."

카이데아스는 음식을 우걱우걱 먹기 시작했다.

"나를 부른 목적이 무어냐."

상두의 물음에 그는 슬쩍 웃음을 보이더니 말을 이었다.

"나와 손잡아 보지 않겠나?"

난데없는 카이데아스의 제안.

상두는 눈빛이 흔들렸다. 이런 제안을 하리라고는 생각도 못한 것이었다.

"나는 인간계만 점령하고 끝내지 않을 것이야. 정령계도, 명계도 모두 점령하여 궁극적으로는 신을 칠 것이다."

"네놈의 부하가 되서 그렇게 하라는 것이냐?"

카이데아스는 고개를 절레 흔들었다.

"아니. 나의 동반자가 되어 같이 신이 되는 것이다. 어떠냐?"

"거절한다."

상두는 그의 제안을 거절했다.

"신이 되는 것이다, 신. 달콤하지 않나?"

"네놈은 그렇게 되지 못할 것이다. 내가 있는 한 말이야. 그리고 다른 세계를 파괴한다면 균형이 무너질 것이다. 그렇다면 어느 한쪽이든 붕괴하게 될 테지. 마계에서는 그런 것도 안 배우나?"

상두의 물음에 그는 웃음을 보이며 마시던 와인 잔을 내려놓았다.

"교섭은 결렬이라는 것이냐?"

카이데아스의 물음에 상두는 자리에서 일어났다.

"애초에 교섭 따위는 생각지도 않았다. 덤벼라."

상두의 몸에서 이글거리는 에너지가 뿜어져 나왔다. 금방이라도 격돌할 듯 카이데아스의 몸에도 에너지가 뿜어져 나오기 시작했다.

CHAPTER **05**
카이데아스 (1)

쿠구구궁!!

강렬한 굉음과 함께 카이데아스의 마전의 지붕이 무너진
다.

흩날리는 건물을 잔해를 뚫고 상두가 솟아올랐다. 그의 온
몸에는 상처가 가득했다.

피가 흐르지는 않았지만 치명상은 아니었다. 역시나 카이
데아스는 만만치 않은 상대였다.

카이데아스도 솟아올랐다. 그 역시 엄청난 상처를 입었다.
상두가 당한 것보다 훨씬 큰 상처를 입고 있었다.

그것이 약간의 자존심에 상처를 입었는지 눈가가 부르르 떨려왔다.

"역시나 강하구나, 카논."

"죽어라!!"

상두는 그대로 카이데아스를 향해 날아들었다.

폭풍과도 같은 공방전!

그들의 타격과 방어에 사방으로 충격파가 일었다. 충격파는 사방의 모든 지형지물들을 쓸어버릴 정도 강력했다. 마전은 이미 너덜너덜해져 마치 무너진 유적과도 같이 변해 버렸다.

그런 가운데서도 마족들은 카이데아스를 돕지 못했다. 아니 돕지 않았다. 지금 상황에서 끼어들었다가는 그대로 휩쓸려 죽을 뿐이었다. 두려움에 발이 움직일 수가 없었다.

"끝이다!"

상두는 그대로 주먹을 내질렀다.

역시나 폭음이 들리며 카이데아스는 그대로 튕겨져 마전으로 날아갔다.

마전의 벽과 부딪쳤는데도 콰가가가가각 소리를 내며 땅에 쟁기 끌리듯 밀려나는 카이데아스였다. 그는 고통 속에서 일어날 수가 없었고 건물의 잔해에 묻혔다.

"헉… 헉……."

상두는 깊은 숨을 내쉬었다.

치열한 공방전이었다. 역시나 만만한 상대가 아니었다. 십여 분의 대결이었지만 그는 꽤나 많은 힘을 쏟아부어야 했다. 그 증거로 그의 온몸은 땀으로 뒤덮였다.

건물의 잔해가 꿈틀거린다. 아직 카이데아스는 살아 있다는 뜻이다. 그는 역시 쉽게 당할 자가 아니었다. 상두 역시 그 사실을 알고 있었다.

"크억……!"

카이데아스는 건물의 잔해를 헤치고 밖으로 나왔다.

그의 눈빛에서 장난기는 사라졌다. 상두의 눈빛에도 긴장감이 감돌았다. 이제부터가 진짜 싸움이 될 것이다.

"오랜만이다. 오랜만이야, 이런 아픔… 크크큭……."

카이데아스는 사나운 웃음을 보인다.

"이제 장난은 그만이다!"

카이데아스는 온몸에서 에너지를 끌어 올렸다. 그러자 온몸에 붉은 기운이 이글거리면서 육체가 울룩불룩해지기 시작했다.

"안 돼……!"

상두는 기억해냈다.

그가 카이데아스를 봉인할 때의 모습을…….

지옥에서 나온 것 같은 기괴한 외모에 압도적인 힘!

"안 돼!!"

상두는 빠르게 달려와 손을 뻗어 에너지를 방사했다!

"크아아악!"

하지만 그 에너지는 튕겨져 오히려 상두를 뒤덮었다. 하나 이내 상두의 몸에 흡수되어 상처는 입지 않았다.

"제기랄……!"

카이데아스가 변하기 시작했다.

상두는 이를 악물고 그 모습을 바라볼 수밖에 없었다.

그의 덩치는 건물보다 커졌고, 이마에는 뿔이 솟아났고 등에는 가시가 돋아났다.

얼굴은 형언할 수 없을 정도로 일그러진 악귀 그 이상의 모습이었다. 이 세상의 어떠한 말로도 설명할 수 없는 괴기함에 상두는 몸서리쳤다.

하지만 그의 외모로만 몸서리치는 것은 아니었다. 그의 온몸에서 뿜어지듯 나오는 강렬한 힘은 상두를 압도하고도 남았다.

'이대로는 당한다!'

그는 더 이상 가만히 있을 수는 없었다. 선수필승이라는 말도 있듯이 그는 카이데아스에게 선공을 가해야 했다.

"제기랄!!"

상두는 그에게 달려들었다.

하지만 갑자기 어깨의 통증이 밀려와 그대로 공격을 멈추고 말았다. 일전에 다친 어깨가 문제가 생긴 것이다.

"왜 갑자기 지금!"

상두는 당황스러웠다. 통증과 당황함에 그는 우뚝 멈출 수밖에 없었다.

그 빈틈을 이용한 카이데아스!

─죽어라!

그는 상두의 다리를 두 손가락으로 잡았다.

그대로 땅에 메다꽂는 카이데아스.

실제로는 건물 높이에서 빠른 속도로 떨어진 것과 같다 보니 상두의 육체는 어느 정도 타격을 입었다. 온몸이 지징하는 통증이 몰려와 그대로 바닥에 쓰러질 수밖에 없었다.

'큰일이다!'

이 이후에 일어날 일을 상두는 기억한다. 지옥과도 같은 고통이 펼쳐진 그때를!

그를 향해 붉은 에너지탄들이 마구 날아왔다. 주먹으로 가격하는 것보다 훨씬 더 강력한 고통이 쉴 새 없이 몰려왔다.

"크아아악!!"

상두의 비명은 하늘을 뒤덮었다. 카이데아스는 그런 상두의 모습을 바라보며 비열하고 잔인한 웃음을 보였다.

─후후… 아직 죽으면 안 되지.

상두가 정신을 놓을 정도의 고통을 당하자 그는 공격을 멈추었다. 그는 최대한 상두를 괴롭히다가 죽일 작정이었다.

"헉… 헉……."

상두는 카이데아스를 바라보았다.

자인한 그의 모습은 악마였다.

두려움 그 자체였다.

그를 이길 방도는 없는 것 같았다.

하지만 압도적인 힘의 카이데아스에게도 약점은 있었다.

"뿔을… 뿔을 건드려야 해……!"

바로 이마의 뿔이었다.

저 뿔을 건드리면 카이데아스는 고통을 느낀다. 그때의 빈틈을 이용해 상두는 그를 봉인했었다. 그때의 기적을 지금도 노려볼 만했다.

하지만 그 뿔까지 다가가는 것이 어려웠다. 예전 봉인 때에도 여러 사람의 희생 끝에 다가설 수 있었지 않았는가. 하지만 지금은 혼자이다.

"포기할 수 없어……."

그래도 포기할 수는 없었다.

"크윽……!"

그는 몸을 일으켰다. 온몸이 뻐근하다. 아니 그의 몸이 아닌 것만 같았다. 이대로 무너지고 싶었지만 그가 무너지면 이 세상은 끝이다.

─마지막 발악이냐? 그때처럼 지금은 그렇게 운이 좋지 못할 거다. 네놈은 혼자니까!

카이데아스의 외침에 상두의 눈이 이글이글 불타오른다.

"그래… 혼자야."

그의 온몸에 푸른 기운이 맺히기 시작했다. 푸른 기운은 주변의 검은 에너지를 모두 끌어당기고 있었다.

상두는 잊고 있었다.

이 육체의 불가사의한 힘을!

마족이 뿌려 놓은 이 검은 물질들을 빨아 당겨 자신의 힘으로 사용하는 이 불가사의한 능력을!

"크와아아악!!"

그가 소리치자 검은 연기들이 미친 듯이 빨려 들어왔다.

순식간에 마전의 반경 수 킬로미터의 지역이 정화된 듯 검은 기운이 사라졌다. 넓은 지역의 검은 물질을 흡수한 만큼 상두에게 축적되는 에너지 역시 막강했다.

─무… 무어냐……!

카이데아스는 놀라고 말았다.

상두에게서 흘러나오는 기운이 자신과 거의 필적했기 때문이었다.

"혼자니까… 그러니까 질 수가 없다고!!"

그의 몸에서 에너지가 뿜어져 나왔다. 그 에너지는 백광처럼 상두의 몸을 둘러싸고는 사방을 뒤덮었다.

─이게 뭐냔 말이다!!

카이데아스는 당황할 수밖에 없었다.

미친 듯이 붉은 구체를 내뿜었지만 상두에게로 날아들기도 전에 사그라들었다.

백광이 그치고 난 뒤…….

─네, 네놈……!

그의 눈에 들어온 것은 카논의 모습이었다.

상두의 모습이 아닌 카논의 모습!

카이데아스 그를 봉인했던 그 막강한 모습으로 돌아간 것이다!

─빌어먹을… 빌어먹을…….

카이데아스의 몸이 떨려왔다.

분명 그를 넘어서는 힘은 아니었다.

거의 동등한 기운…….

하지만 예전 그에게 봉인되었던 기억이 떠올라 미친 듯이 몸이 떨려온 것이었다. 또다시 그 지옥 같은 무한의 공허에 빠지고 싶지 않은 것이다.

상두는 그대로 솟아올랐다.

그의 온몸은 에너지로 충만하여 주변을 압도했다. 덕분에

마족들은 움직일 수가 없었다. 상두의 위압감에 완전히 몸이
굳어 버린 것이다.

하지만 그들에게 카이데아스의 명령은 절대적!

―모두들 공격하라!

카이데아스의 절대적인 명령에 공포심에서 깨어나 공중으
로 솟아올랐다. 그들의 목표는 바로 상두였다.

그들이 방해가 될 것을 느낀 상두는 카이데아스를 향해 빠
르게 날아갔다. 하지만 강한 힘을 쥐어짠 카이데아스는 상두
를 그대로 튕겨냈다.

"젠장!"

튕겨진 그를 향해 마족들이 달려들었다.

순식간에 수십 수백의 마족이 상두에게 들러붙어 거대한
구체가 되었다.

―그래! 그대로 잡고 있는 거다!

카이데아스는 상두를 감싸고 있는 마족의 덩어리를 향해
손을 뻗었다.

빠른 속도로 에너지를 방사하는 카이데아스!

그의 에너지는 그대로 마족들을 불태웠다. 기괴한 비명 소
리들이 미친 듯이 뿜어져 나왔다. 그와 함께 커다란 폭음과
함께 폭발이 일어났다.

그의 얼굴로 부하들의 살점이 튀었는데도 눈 하나 깜짝하

지 않았다. 어떠한 감정의 동요 따위는 없었다.

그에게 있어 부하들이란 그저 자신의 꿈을 이루는 것의 부품에 불과하다.

―이제 네놈도 끝이다!

이 정도 폭발이라면 상두의 육체도 갈기갈기 찢어졌을 것이다.

하지만 그것은 카이데아스의 희망일 뿐……

폭발의 연기가 모두 걷어지자 상두는 굳건히 공중에 떠 있었다. 그는 아무런 상처가 없었다. 마족들만 괜한 희생을 벌인 것이다.

"부하들의 희생시키는 너는 신이라고 불릴 자격이 없다."

상두의 읊조림과 함께 그의 몸이 조금씩 갈라지기 시작했다. 갈라진 틈 사이에서 조금씩 빛이 뿜어져 나오더니 마치 알 껍질이 깨지듯 몸이 갈라져 그대로 떨어졌다.

카논의 모습이 사라지고 상두의 모습이 나타났다.

하지만 그 모습은 마치 하늘에서 내려온 신족과도 같은 모습이었다. 차분하고 위엄이 높았고 또 강력해 보였다.

상두는 눈을 번쩍 뜨며 앞으로 나아갔다.

그는 카이데아스의 약점인 이마의 뿔을 향해 날아들었다. 그때마다 카이데아스의 몸에서 촉수가 뿜어져 나와 빠르게 날아왔다.

하지만 촉수는 상두의 몸에 닿지도 못하고 부서지며 그에게로 흡수되었다. 이것은 그저 상두의 힘을 늘려주는 것밖에 되지 않았다.

―죽어라!!

카이데아스는 이번에는 붉은 구체를 계속해서 쏘아댔다. 그것 역시 상두에게 흡수될 뿐 충격이 되지 않았다.

계속해서 촉수와 붉은 에너지 구체를 뚫고 나간 상두!

"체크 메이트."

그는 카이데아스의 약점인 뿔 앞에 도착할 수가 있었다. 카이데아스는 의외로 차분한 어조로 말했다.

―뿔을 부러뜨린다면 큰일이 벌어지고 말 거다.

그를 위협한 것이다. 하지만 그런 위협에 굴한 상두가 아니었다.

"시끄럽다……."

상두는 팔을 들었다. 이대로 내려치면 뿔은 부서진다.

"크옥……!"

하지만 상두는 움찔한다. 그의 다친 어깨가 또 문제인 것이다.

―이때구나!

빈틈이 생겼다!

순간 카이데아스는 상두의 다리를 잡고 바닥에 내려쳤다.

이윽고 카이데아스는 상두에게 주먹으로 계속해서 내려쳤다.

몸속의 에너지를 끌어내 공격하는 것이 아닌 육체의 힘만으로 내지르는 것은 어느 정도 효과가 있었다.

"크아아악!!"

상두는 크게 비명을 질러댔다.

온몸이 부서지는 것 같은 고통이 느껴졌다. 더불어 강렬한 힘이 조금씩 빠져나가고 있었다.

아무래도 상두의 힘을 그의 연약한 육체가 더 이상 견디지 못하는 것 같았다. 이 고통이 그것을 더욱더 가속화시키고 있었다.

강력한 힘을 가졌지만 기본은 인간⋯⋯.

게다가 더 약한 다른 세계의 인간의 몸이 기본이다. 지금껏 견딘 것도 용한 것이었다.

─이제 끝이다!

카이데이스의 촉수가 피투성이인 상두를 향해 날아온다. 더 이상 촉수를 흡수하지 못했다.

이제 저것으로 온몸이 꿰뚫리면 끝이다. 더 이상 일어날 힘이 없을 것이다.

그때였다!

치이이이이잉!

요란한 굉음과 함께 카이데아스는 뿔을 거머쥐었다.

　"크아아아악!"

　고통스러워하는 카이데아스의 맞은편에는 상두의 사부가 있었다!

　그의 사부가 카이데아스의 뿔을 본능적으로 건드린 것이다.

　"사… 사부님……."

　사부는 더 이상 지체하지 않고 상두를 향해 날아 들어왔다. 그는 일단 제자의 안위를 살폈다. 꽤나 큰 상처를 입었다. 온몸의 뼈가 부서진 것이다.

　"심하게 당했구나……."

　"어떻게 오신 겁니까……."

　"네 녀석의 어깨가 아픈 것을 이미 알고 있었다. 그래서 부대를 안전지대까지 후퇴시킨 후 빠르게 날아왔다. 잡담은 그만. 일단 벗어나자!"

　사부는 상두를 어깨에 둘러메고 빠르게 이 공간을 벗어났다.

*　　　*　　　*

　외딴 동굴.

깊숙했는지 빛은 거의 들어오지 않고 있었다. 그 중심에 건초를 대충 깔아 놓고 눕힌 상두가 있었다.

그의 옆에서는 그의 사부가 계속해서 에너지를 불어 넣어 그의 몸을 치료하고 있었다. 어느 정도 푸른 빛이 감돌자 상두는 신음 소리를 내뿜었다.

크게 당했다.

온몸의 뼈가 부서지고 장기도 약간 손상된 것 같았다.

하지만 사부의 치료로 뼈도 잘 붙었고, 장기도 어느 정도 회복이 되었다.

이렇게까지 치료하기 위해 그의 사부는 엄청난 에너지와 시간을 쏟아부어야 했다.

"이렇게 강한데 육체가 받쳐주지 않으니……."

스승은 치료를 마치고 고개를 절레 흔들었다.

상두의 힘은 카이데아스를 뛰어넘었다. 게다가 검은 에너지를 빨아 당기며 그 힘을 에너지화하여 사용한다.

일회성의 에너지이지만 비슷한 성향의 에너지를 발하는 카이데아스에게는 치명적인 힘일 수 있다.

하지만 문제는 그의 육체……

육체가 그 힘을 견디지 못하는 것이다. 견딜 수 있는 시간은 기껏해야 두세 시간…….

그것을 보완하려면 육체를 단련해야 하는데, 아무리 단련

해도 순식간에 강해질 수는 없다. 육체라는 것은 천천히 공을 들여야 하는 것이기 때문이다.

"역시 단시간에 적을 제압하는 것이 필요할 것이다."

그는 혀를 끌끌 찼다.

역시 방법은 단시간에 적을 제압하는 것.

"하지만… 카이데아스가 그렇게 단시간에 제압할 수 있는 적이냔 말이지… 역시… 모든 역량을 걸어야겠구만……."

그는 다시그미 혀를 끌끌 차며 고개를 가로저었다.

"으음……!"

상두가 눈을 떴다.

그는 몸을 일으키려고 했지만 온몸이 뻐근한 듯 몸을 제대로 일으키지 못하고 있었다.

"제가 며칠이나 정신을 잃고 있었던 거죠?"

"일어났느냐."

사부는 그가 정신을 차려 반갑게 맞이했다. 상두는 억지로 몸을 일으켜 고개를 끄덕였다.

"누워 있거라. 아직 몸을 더 추슬러야 할 게야."

"제가 며칠이나 정신을 잃은 거죠?"

"일주일 정도일 게다."

일주일이라는 말에 상두의 표정이 굳어졌다. 그는 아직 뻐근한 몸을 억지로 움직였다.

"좀 더 누워 있으래도!"

"아닙니다. 빨리 카이데아스에게로 가야 합니다."

"그래도 일단 누워 있거라. 기력을 회복해야······."

상두는 사부의 말도 무시한 채 기어코 몸을 일으켰다.

"이놈이······."

사부는 고개를 절레 흔들었다. 상두의 고집을 그는 꺾을 수가 없었던 것이다.

"어디로 갈 테냐?"

"지휘부로 갑니다."

"이유는?"

"분명 카이데아스는 그쪽을 치게 될 겁니다. 제가 그쪽으로 갈 것을 그는 알고 있으니까요."

사부는 고개를 끄덕였다. 상두의 고집에 두 손 두 발 다 들었던 것이다.

"너의 고집을 꺾을 위인이 이 세상에 어디 있겠느냐. 가자꾸나."

사부도 몸을 일으켰다. 그 역시 상두의 힘이 되어주기로 한 것이다.

"감사합니다."

상두는 고개 숙여 인사했다. 지금 상황에서는 누구 하나라도 도움이 필요한 상황이었다.

두 사람은 동굴 밖으로 나섰다.

동굴 앞에는 낯익은 존재가 크게 웅크리고 있었다.

"천둥새⋯⋯."

―나왔어?

놀랍게도 천둥새였다.

분명 그는 상두를 돕지 않겠노라 말했다. 하지만 이렇게 도움이 되기 위해 돌아와 주었다. 말은 그렇게 해도 상두가 걱정이 된 것이었다.

"고맙습니다."

―딱히 네놈을 돕기 위해서가 아니야. 이 세계를 카이데아스 같은 놈에게 무너지게 할 수는 없기 때문이야.

상두는 그의 말에 웃음을 보였다. 전혀 진정성이 없었기 때문이었다.

―바보 같이 웃지 말고 등에 올라타라.

상두는 고개를 끄덕이며 천둥새의 등에 올라탔다.

천둥새는 평소보다 더 내어 속도를 높였다. 덕분에 일정보다 빠르게 목적지에 도착할 수가 있었다.

저 멀리 인간이 밀집되어 있는 시설들이 보였다.

아직까지 평온한 점을 보아 카이데아스의 침공이 이뤄지지 않은 것 같았다. 상두는 안심한 듯 가슴을 쓸어내렸다.

천둥새가 착지하자 모두들 웅성거렸다.

그리고 그의 등에서 상두가 내려오자 더욱더 웅성거렸다.

"카논이 살아 돌아왔다."

"카논이다……!"

모두들 감격적인 모습이었다.

상두는 무슨 이유에서 이렇게 소란스러운지 알 수가 없었지만 코르테스가 그에게 달려오는 것을 보고는 이유를 알 수가 있었다.

"살아 돌아왔구만! 우리는 자네가 죽은 줄로만 알았어!"

모두들 상두 그가 죽었다고 생각한 것이었다.

사실 카이데아스에게 단신으로 들어가 일주일 이상 연락이 없음은 죽은 바나 다름이 없었던 것이다. 그런데 그가 살아 돌아왔으니 웅성거리며 감격할 수밖에 없었다.

"저는 죽지 않습니다."

상두는 옅은 미소를 보이며 주변을 둘러보았다. 예전보다 군대의 규모가 더 커졌다.

"군사의 수가 더 많이 늘어 있는 것 같군요."

"그래… 자네가 고군분투할 때 나는 놀고만 있을 줄 알았나? 주변에서 어떻게든 살아남은 자들을 끌어 모았지. 그랬더니 군사수가 대략 이만까지 불었어."

상두는 고개를 끄덕였다. 이 정도의 숫자라면 얼마간 버틸 수 있을 것이다.

"카논……."

아르페지오였다. 그녀의 눈에서 눈물이 그렁그렁 맺혔다.

"나쁜 사람……!"

상두의 따귀를 내려치는 아르페지오.

"다신 나를 혼자 두고 가면 가만히 두지 않겠어요."

그녀는 그렇게 주저앉아 울어버렸다. 그녀가 얼마나 상두
를 걱정했고 또 마음을 졸였는지 알 수 있는 모습이었다. 상
두는 그녀를 일으켜 안아주었다.

"미안해… 미안……."

상두가 그녀의 머리를 쓰다듬어 주자 그녀는 그제야 흐느
낌을 멈추었다.

"코르테스 공, 지휘부를 소집해 주십시오."

아르페지오를 안심시킨 상두는 군사회의를 소집했다.

이제 인간의 건물 모습으로 재건축한 지휘부로 상두와 코
르테스가 향했다.

건물의 회의실에는 이미 군의 여러 인사가 모여 있었다. 코
르테스가 회의실로 들어오자 그들은 일어나 코르테스를 맞이
했다. 그리고 그의 뒤를 따른 상두에게도 예를 갖추었다.

상두는 자리에 앉자마자 말문을 열었다.

"곧 카이데아스가 직접 이곳으로 올 겁니다. 이제 모든 것

을 완전히 끝을 내기 위해서죠. 그때를 대비해서 모두 목숨을 내놓을 각오를 해야 할 겁니다."

모두가 고개를 끄덕였다.

모두들 목숨을 내놓을 각오쯤은 이미 하고 있었다. 당연한 말을 하는 상두에게 의아한 것도 사실이었다.

"모든 지휘부분들은 자신이 맡은 부대에서 강력한 힘을 지닌 자들을 열 명씩만 차출해 주십시오. 모두 열 개의 부대로 나뉘어 있으니 100명이 되겠군요."

"그것은 알아서 하겠네."

코르테스의 말에 상두는 뒤이었다.

"그들에게 꼭 전하세요. 죽음을 각오해야 한다고."

상두의 말에 모두들 한마디씩 했다. 이 상황에서 목숨을 걸지 않는 사람이 누가 있냐며… 하지만 상두의 말에 모두들 입을 닫아야 했다.

"결사대입니다."

그 살벌한 단어에 모두들 아무런 말도 못하고 꿀 먹은 벙어리가 되었던 것이다.

"카이데아스의 약점은 바로 이마의 뿔이죠. 그것을 공격하기 위해서는 제가 나아가야 합니다. 카이데아스에게까지 저를 보내줄 수 있는 사람들이 필요합니다. 그렇기 때문에 결사대입니다. 목숨을 담보로 해야 되니까요. 하지만 그렇다고 백

퍼센트 다 몰살당하지는 않을 겁니다. 더 이상의 희생은 저도
원치 않으니까요."

상두의 말에 모두들 고개를 끄덕였다. 각오를 단단히 해야
했다.

목숨을 거는 각오로 임하고 있지만 정말로 목숨을 걸 사람
들을 모아야 하는 것이다.

"지휘관 각하!!"

회의실로 누군가가 뛰어 들어온다. 그는 코르테스의 부관
이었다.

그의 얼굴에는 급박한 기운이 감돌았다. 회의실 안의 분위
기는 찬물을 끼얹은 듯 살벌해졌다.

"무슨 일인가."

"마계군의 침공입니다!"

"뭣이!"

드디어 올 것이 왔다. 모두들 끙 하는 한숨을 내쉬며 걱정
스러워 했다.

"대대적인 침공입니다. 카이데아스의 기운도 느껴진다고
합니다!"

한동안 조용하더니 드디어 마계군이 침공했다. 게다가 카
이데아스까지 합류했으니 이것이야말로 전면전! 인간군대의
씨를 말릴 속셈인 것이다.

"결사대를 조직할 시간도 없겠군요."

상두는 쓸쓸한 웃음을 머금고 빠르게 밖으로 뛰어나갔다.

카이데아스가 나타났다. 그를 막을 수 있는 자는 이곳에서 상두밖에 없었다. 어떻게든 그의 힘으로 막아내야만 한다.

상두가 밖으로 나오자 사부가 대기하고 있었다. 그 역시 소식을 들었던 것이다.

"가자."

사부의 말에 상두는 고개를 끄덕였다. 그나마 다행인 것은 출중한 실력의 사부가 곁에 있다는 것이다.

두 사람은 공중으로 솟아올라 카이데아스를 향해 날아 들었다.

얼마 정도를 날아갔을까?

"카논님!!"

뒤쪽으로 대략 육십여 명의 사람이 날아오고 있었다. 코르테스는 그냥 두고 보지 않았다. 부유 마법을 쓸 수 있는 자들을 추려내서 보내준 것이다.

상두를 위해 인류를 위해 긴급히 강력한 힘을 지닌 자들을 모은 것이다.

이들이야말로 결사대였다.

두 사람은 날아가는 것을 멈추었다. 그러자 뒤따른 사람들도 멈추었다.

"아르페지오!"

그중에는 아르페지오도 있었다.

"나를 혼자 두지 말라고 했잖아요."

그녀의 말에 상두는 웃음 지었다. 그도 고집이 세지만 그녀의 고집을 꺾을 수는 없었던 것이다.

"죽을지도 모르는데?"

"괜찮아요. 당신과 함께라면……."

상두는 고개를 끄덕였다. 그리고 주변의 결사대를 바라보았다. 그들의 눈에는 말 그대로 결사의 기운이 느껴졌다.

"갑시다. 모두들 죽을 각오로 하되… 죽지는 마십시오. 버티십시오… 어떻게든 제가 카이데아스를 쓰러뜨리겠습니다."

이 말도 안 되는 격려에 모두들 웃음 지었다. 상두가 그렇게 말하니 힘이 난 것이다. 그들은 빠르게 카이데아스를 향해 날아들었다.

드디어 카이데아스의 모습이 보였다.

카이데아스는 그 커다란 덩치를 드리우며 손을 뻗었다. 수많은 붉은 구체가 날아왔다.

"하압!"

상두의 기합과 함께 그 붉은 구체들은 그의 몸속으로 빠르게 스며들었다. 하지만 그 수가 너무도 많아서 모두 흡수할 수는 없었다. 꽤나 많은 숫자가 결사대를 향해 날아 들었다.

하지만 그래도 결사대들은 빠르게 모든 구체를 피해냈다. 쉽사리 당할 인물들은 아니었던 것이다.

거침없이 나아가던 그들은 잠시 멈춰 설 수밖에 없었다. 수천의 마족이 그들을 막아서고 있었던 것이다.

"카논 우리에게 맡기고 빨리 나아가세요!"

결사대들이 나섰다.

아르페지오는 상두를 보며 고개를 끄덕였다.

"당신은 우리의 희망이에요! 카이데아스에를 죽여요, 꼭!"

아르페지오의 외침과 함께 상두는 그대로 빠르게 나아갔다. 그의 뒤를 사부가 뒤따르며 그들을 쫓는 마족들을 공격해 아래로 떨어뜨렸다.

뒤쪽으로 결사대의 비명 소리가 들려온다. 마족의 고통의 비명도 들렸지만 상두의 귀에는 들리지 않았다. 그저 결사대의 비명 소리만 들려온 것이다.

상두는 더욱더 힘을 내어 카이데아스를 향해 날아갔다.

"얼마나 힘을 사용할 수 있을 것 같으냐?"

"제대로 힘을 사용하지 않았으니 이제 두 시간 정도는 여유가 있습니다."

"그래, 가자!"

사부가 앞장섰다. 제자도 그의 뒤를 따랐다.

"카이데아스!!"

드디어 시야에 잡힌 카이데아스!

그는 비열한 모습으로 상두를 바라보았다. 덩치는 더욱더 커져 있었다. 그의 밑으로 꿈틀거리는 마족의 형체가 있는 것으로 보아서 꽤나 많은 마족들을 흡수한 것 같았다.

두 사람을 향해 검은 촉수들이 빠르게 뻗어 나왔다.

사부는 그것을 하나하나 잘라내며 앞으로 상두를 안내했다. 그의 힘을 고스란히 아껴두어 카이데아스에게 사용하게 하기 위해서였다. 미처 그가 처리하지 못한 촉수들은 상두의 몸에 흡수되었다.

빽빽한 숲처럼 솟구치는 촉수는 그들의 앞을 가로 막았다. 제대로 앞으로 나아갈 수가 없었다. 상두는 초조해지기 시작했다.

"카이데아스!!"

상두는 그런 기분을 소리를 치며 표출했다.

"내가 온 힘을 집중해 폭발을 일으킬 테니 그 틈을 타서 빠르게 나아가거라!!"

사부가 나섰다. 이 말은 꼭 자폭한다는 말로 들린 상두는 거부했다.

"안됩니다! 그랬다가는 사부께서!"

"시끄럽다, 바보 제자놈아!!"

그의 몸에서 에너지가 빠르게 나와 일렁거렸다.

"나아가거라, 제자여!!"

사부의 몸에서 폭발이 일어났다. 상두가 미쳐 말릴 수 있는 틈도 없었다.

쿠구구구궁!

요란한 소리의 폭발은 반경은 좁았지만 파괴력은 대단했다. 덕분에 촉수들이 모조리 사그라졌다.

사부는 힘이 빠져서 그대로 아래로 떨어져 내렸다. 상두는 그의 모습을 바라볼 수가 없어 눈을 감고 앞으로 빠르게 나아갔다.

드디어 카이데아스의 근처까지 나아왔다.

인간의 군대와 결사대와 사부의 희생이 있었기에 가능한 결과였다.

"카논이여……."

거대한 카이데아스의 머리에서 작은 카이데아스의 모습이 드러났다.

일반적인 그런 마족의 모습. 거대화되기 이전의 카이데아스였던 것이다.

"기어코 여기까지 왔구나. 아직도 내 제의는 유효하다. 나와 함께 온 차원을 경영해 보지 않겠느냐."

그의 말에 상두는 침을 퉤하고 아래로 뱉었다.

"분명 거절했을 텐데?"

"역시나 앞뒤가 꽉 막힌 놈이로군……."

"헛소리 말아라!!"

상두는 그를 향해 날아들었다.

하지만 그는 움직임을 멈출 수밖에 없었다. 아래에서 조금씩 올라오는 촉수에 거꾸로 매달린 사부를 발견했기 때문이다.

"사, 사부님!"

사부는 죽지 않았다. 힘이 빠져나갔지만 그래도 정신은 온전해 보였다.

"가까이 다가오면 죽는다. 너는 인정을 중시하는 사람이기에 나에게 덤벼들 수 없을 것이다."

카이데아스의 언행에 상두는 이를 꽈득 깨물었다. 역시나 마족다운 행동에 치가 떨려왔다.

"제자야, 고민 말고 행동해라… 나는 괜찮다."

사부의 말에도 상두는 고민했다. 아무리 대의를 위해서라지만 사부의 목숨을 해할 만큼 상두의 마음은 강하지 않다.

꺄아아악!!

그때 하늘을 뒤덮을 듯 울리는 울음소리!

그것은 천둥새였다.

"천둥새!"

―그래, 내가 왔다, 인간!

이윽고 그의 깃털이 빠르게 카이데아스를 향해 날아들었다!

강력한 폭발!

하지만 그것으로 카이데아스를 쓰러뜨리기는 역부족이다.

"저 늙은이가!!"

카이데아스는 천둥새를 향해 에너지의 빛기둥을 방출했다!

―이때다, 인간!!

천둥새가 노린 것이 바로 이것이었다.

자신을 공격할 때 빚어지는 카이데아스의 빈틈!

천둥새는 카이데아스의 빛기둥에 맞아 그대로 떨어지고 말았다.

"고맙습니다!"

상두는 빠르게 나아갔다.

"끝이다."

그는 카이데아스의 뿔 앞에 섰다.

"멈춰라… 내려치면 큰 후회를 할 것이다."

카이데아스는 다시금 상두를 위협했다. 하지만 굴하지 않고 상두는 그대로 뿔을 내려쳤다.

"크아아아아아아악!!"

요란한 비명과 함께 카이데아스의 이마의 뿔이 콰지직 소리를 내며 부러져 땅으로 떨어졌다. 이윽고 카이데아스의 커다란 몸이 부들부들 떨리기 시작했다.

"카논이여, 너는 큰 실수를 한 것이다."

"또 그 소리냐?"

하지만 상두는 이내 눈살을 찌푸렸다. 카이데아스의 육체에서 이상한 에너지의 파동을 느낀 것이다.

"이것은……!"

"폭발이 일어날 것 같구나……!"

촉수에서 풀린 사부가 상두에게 다가와 읊조렸다. 상두는 생각할 틈도 없이 카이데아스의 거대한 몸체를 들어 올렸다!

"무엇을 하려는 것이냐!"

사부의 외침에 상두는 대답치 않고 그대로 카이데아스를 들고 공중으로 떠올랐다.

"으아아아아아!!"

상두는 비명과도 같은 기합과 함께 하늘 높이 솟아올랐다.

"카논!! 카논 뭐하는 거냐!!"

사부가 말릴 틈도 없었다. 머리로 생각한 것이 아니라 몸으로 본능으로 상두는 행동한 것이다.

이윽고……

쿠구구구구구구구구궁!!

온 세계를 뒤덮을 폭발음이 들려왔다.

잠시…….

아주 잠시 세상은 침묵했다. 하지만 이윽고 휘이이익 하는 소리와 함께 폭발의 정점으로 공기가 검은 구름과 함께 빨려들었다.

그것도 잠시.

사방으로 폭발의 후폭풍이 강하게 몰아쳤다. 덕분에 하늘을 뒤덮었던 검은 구름이 걷혔다.

그와 함께 대지에 깔려 있던 검은 연기도 모조리 흩어지기 시작했다.

"아……!"

뒤이어 달려온 결사대는 주변을 살폈다.

"빛이다……."

모두들 빛이 다시 돌아온 것에 감격했다.

태양이 모습을 드러냈다. 흰 구름이 하늘을 조각배처럼 둥둥 떠다녔다.

와아아아아아!!

인간의 환호성이 온 하늘을 뒤덮었다.

드디어 끝이다. 드디어 카이데아스와 마족의 압제에서 벗어난 것이다!

환호하는 사람들과는 달리 아르페지오는 주위를 두리번거

렸다.

"카논은요?"

그녀는 사부에게 물었다. 사부는 고개를 절레 흔들며 대답
했다.

"그녀석은 카이데아스의 육체를 들고 공중으로 솟구쳤
다."

그의 대답에 그녀는 더 이상 지체를 하지 않고 빠르게 공중
을 휘젓고 다녔다. 상두를 찾기 위해서였다.

하지만 그녀는 우뚝 멈춰 설 수밖에 없었다. 피투성이지만
멀쩡히 살아 있는 상두를 발견한 것이다.

"카논……."

"아르페지오……."

상두는 히죽 웃으며 눈을 감았다. 그대로 힘이 빠져 공중에
서 떨어져 내린 것이다. 그런 그를 아르페지오가 날아가 받아
들었다.

그렇게 카이데아스는 소멸했다.

CHAPTER **06**
광명

드디어 끝이 났다.

　카이데아스는 폭발 이후 완전히 소멸한 듯 했다. 어디에서
도 카이데아스의 기운이 느껴지지 않는 것이 그 반증이다.

　가장 큰 장악력을 지닌 우두머리가 사라진 마족들은 모두
마계로 흩어져 갔다.

　우두머리가 없는 그들은 그저 여왕개미가 없는 개미들이
나 마찬가지인 것이다.

　마계로의 문을 열지 못해서 미처 피하지 못한 자들은 모조
리 몰살당했다.

나중에 해가 될 이들은 살려둘 인간이 아니었다. 재앙의 불씨는 꺼뜨리는 것도 전법이다.

시간은 역시나 흘러 카이데아스 소멸에서 일주일이 지났다.

일주일 동안 많은 일들이 일어났다. 가장 활발하게 일어난 일은 역시나 세상의 복구.

마제의 압제 가운데서도 생각보다 많은 사람들이 살아남아 있었다.

덕분에 일주일만이지만 복구는 꽤나 빠른 시간 내에 진행되고 있었다.

인간은 어쩌면 바퀴벌레보다 더한 생존력을 지니고 있는지도 모른다.

게다가 바퀴벌레 못지않은 복구력도 지니고 있을 것이다. 덕분에 이렇게 세상은 빠르게 원상복구되어 갔다.

일주일이나 지났지만 아직까지 대륙에서는 축제 같은 것이 벌어지지 않았다.

타 세력의 압제에서 풀려난 인간의 모습이라고는 생각지도 못할 정도의 모습이었다.

물자가 아직 많이 부족한 탓도 있었지만 아무래도 상두가 아직 깨어나지 않은 탓이리라.

그는 카이데아스의 소멸의 영웅이다. 그가 깨어나지 않는데 축제를 벌이는 것은 몰상식한 행동으로 비춰질 수 있었다.

그런 분위기는 코른 제국에서는 더했다.

이곳은 상두의 영혼인 카논이 태어나고 자란 모국이다 보니 모두들 술자리도 자제할 정도로 엄숙한 분위기를 자아냈다.

코른 제국의 수도 카이난의 황제궁.

그곳에 덧입혀졌던 마전의 기운을 모두 걷어냈다. 덕분에 무너진 공간이기는 했지만 어느 정도 옛 모습을 복구할 수가 있었다.

황제의 가문이 모조리 말살되어 있는 지금 이곳에는 주인이 없었다.

코르테스를 중심으로 한 지휘부가 합의체를 구성하여 나라를 이끌고는 있었지만 이곳의 주인이 될 수가 없었다.

지금 이곳에는 상두가 누워 있었다. 황제가 사라진 지금이지만 그에 준하는 권위를 가진 사람은 상두밖에 없기 때문이다.

그는 황제의 침실에서 병간호를 받고 있었다. 그의 옆을 아르페지오가 늘상 지키고 있었다. 그녀의 헌신적인 노력에도 불구하고 상두는 아직까지 깨어나지 못하고 있었다.

"이제 일어나요……."

그녀는 상두의 이마의 식은땀을 닦아내며 울먹거렸다.

벌써 일주일째…….

그녀의 입술은 바짝 타들어갔다.

그때 노크 소리가 들려왔다.

"들어오세요."

안으로 들어온 것은 상두의 사부였다. 그 역시 걱정이 되어 거의 매일을 들리고 있었다.

"아직 깨어나지 않았구려."

그는 혀를 끌끌 찼다.

육체의 부상이 아니라 기력이 쇠한 경우라 그의 능력으로 고칠 수가 없었다.

이것은 순전히 본인의 의지로 깨어나야 하는 상황인 것이다.

"아마 이 녀석 다시는 옛날처럼 힘을 쓸 수는 없을 거요."

사부의 말에 아르페지오는 고개를 끄덕였다.

"그런 힘 같은 건 없었으면 좋겠어요. 그것 때문에 이렇게 이 사람이 고생을 했으니까요."

그녀의 말에 사부는 머리를 긁적였다. 카논이 강한 힘을 가지게 한 것은 바로 그이기 때문이었다.

"으음……."

두 사람이 그렇게 이야기하는 가운데 상두가 드디어 눈을 떴다.

"헉… 헉……."

무언가 무서운 꿈을 꾼 듯 그는 멍하나 숨을 헉헉 쉬며 앞을 바라보고 있었다.

"카논!"

"깨어났느냐!"

사부와 아르페지오는 반가운 환영을 보였다. 상두는 어리둥절한 듯 멍하니 한곳을 응시하며 대답했다.

"카이데아스는……?"

"끝났다. 네가 물리쳤다."

상두는 지금껏 카이데아스와 싸우는 꿈을 꾼 것이었다. 그만큼 카이데아스와의 대결은 큰 여파를 남겨두었다.

상두가 깨어났다는 소식은 카이난, 아니 코른 제국을 넘어 전 대륙에 퍼져 나갔다. 덕분에 그를 보기 위해 수많은 대륙의 인들이 카이난으로 몰려 들어왔다.

그 인파의 숫자는 수천만 명에 달했다. 하지만 카이난으로 들어올 수 있는 숫자는 한정되었고 많은 이들이 수도의 밖에서 천막을 치고 그의 소식을 듣기 위해 노력했다.

상두가 모습을 드러낼 황궁 발코니 맞은편의 커다란 광장. 이곳에서도 수많은 사람이 모여 있었다.

상두는 창문 밖으로 모여 있는 인파를 보며 인상을 찌푸리고 있었다. 하지만 가장 그의 인상을 찌푸리게 하는 것은 마치 황제가 입는 듯한 지금 본인의 복장이었다.

"이런 옷을 입어야 하나요?"

상두는 코르테스에게 읊조렸다. 코르테스는 상두의 옷매무새를 다듬어 주며 질책했다.

"자네의 권위는 지금 다른 이에 비할 바가 아니야. 이 정도는 해줘야 자네를 보기 위해 모인 사람들에게 어필을 할 수 있지. 잡소리 말고 자, 발코니로 나가게나."

코르테스는 상두의 등을 탁하고 쳤다. 상두는 고개를 끄덕이고 앞으로 걸어나갔다.

와아아아아아아!

그가 발코니로 나아가자 하늘을 뒤덮을 듯한 큰 함성이 들려왔다.

대륙 각지에서 몰려든 사람들이 광장에 모여 있었다.

개미 한 마리 움직일 수 없을 만큼 빼곡히 들어선 사람들을 향해 상두는 손을 흔들었다.

와아아아아아아!!

다시금 몰려드는 함성.

상두는 이런 상황이 당황스러웠다.

카논의 육체를 입었던 시절에도 이런 경험이 있기는 했지만 오랜만에 느끼다 보니 생경한 것도 사실이었다.

하지만 가슴이 뜨거워졌다.

이들에게 행복을 주었다는 것만으로도 상두는 행복감을 느낄 수가 있었다.

상두는 모두에게 손을 흔들어 보이며 다시 안으로 들어섰다.

"후우… 역시 이런 옷은 싫다니까."

상두는 고개를 절레 흔들며 불편한 단추들을 풀어버렸다. 어느 정도 자유로움을 느낀 상두는 의자에 털썩 주저앉았다.

"앞으로 그런 옷을 많이 입어야 할 테니 익숙해지라고."

코르테스의 웃음에 상두는 고개를 절레 흔들었다.

그렇게 상두의 부활이 알려지고 전국에 축제가 벌어졌다. 영웅도 깨어났겠다, 이제 거리낄 것은 없었다.

상두도 역시 그 축제를 즐기기 위해 밖으로 나섰다.

본래 사람들이 북적거리는 것이 싫은 카논이었지만 상두가 된 이후로 그런 분위기에 익숙해졌다.

저쪽 세상에서의 경험은 그의 인생관이나 모든 것을 바꿔놓은 것이다.

그의 옆에 아르페지오가 꼭 붙어서 떨어지지 않았다.

"그냥 걸어가면 안 되나? 불편하게 왜 이렇게 붙어 있어."

상두는 그녀의 옆에 찰싹 붙어 있는 아르페지오가 불편한 듯 했다.

"싫어요?"

아르페지오가 올려다보며 묻자 상두의 얼굴이 붉어졌다.

"아니… 싫은 건 아니고……."

"그럼 잔소리 말아요."

그녀는 상두를 이끌고 축제의 현장으로 들어섰다.

왁자지껄한 분위기였다.

모두의 얼굴에는 행복이 깃들어져 있었다.

상두는 축제에 제대로 참여하지 않아도 이런 사람들의 얼굴을 보는 것만으로도 행복했다.

이 행복한 얼굴을 만든 것은 바로 상두 자신이었다. 그렇기에 그의 마음속은 뿌듯함이 가득했다.

그렇게 축제가 진행되는 가운데 이상한 무리가 들어오는 것을 볼 수가 있었다.

한 무더기의 옷이 찢어진 무리를 묶어서 병사들처럼 보이는 자들이 광장으로 이끌고 온 것이다.

무리들은 팔이 묶여 있었고, 다리는 족쇄로 묶여 있었다.

끌려온 이들의 이마에는 변절자를 뜻하는 단어의 이니셜이 찍혀 있었다. 아무래도 인두로 지져 만들어낸 문신인 것 같았다.

"지금 뭐하는 거지?"

상두는 의아하여 아르페지오에게 물었다.

"변절자에 단죄예요."

그녀의 표정도 심각해졌다.

언제나 전쟁이 끝나고 난 뒤 적에게 빌붙었던 자들의 단죄가 이어진다.

당연히 해야 하는 일이다. 하지만 지휘부에서는 아직까지 변절자의 처단에 대해서 명령하지 않았다.

이것은 분명 민간에서 이뤄지는 일이다. 민간에서 행해지는 일이다 보니 제대로 된 조사가 있을 수 없을 테고 억울한 사람들이 생길 것이 분명했다.

상두는 말리러 다가섰다.

"놔두세요."

"지금 저자들을 죽이려고 하는 거 아니야?"

"맞아요……. 힘들게 마족에게 저항했을 때 저들은 마족에게 붙어 인류에게 위협을 가했으니까요."

"그래도 저들도 사람이야!"

상두는 아르페지오를 뿌리치고 앞으로 나아갔다.

이미 사람들은 변절자들을 향해 돌을 던지고 있었다. 순식간에 그들은 피투성이가 되어 신음했다.

금방이라도 돌무더기가 생겨 그들은 그 자리에서 즉사할 것이다.

"그만두시오!!"

상두가 그들을 향해 달려들었다.

덕분에 날아오는 돌들을 모조리 맞았고 상두의 온몸은 피투성이가 되었다.

"아니… 카논님……!"

모두들 웅성이기 시작했다. 카논이 나타나 변절자들을 막아서고 있었던 것이다.

"이들도 사람이요!"

상두의 외침에 모두들 의아했다.

그는 카이데아스를 소멸한 영웅이다.

당연히 카이데아스에게 귀의한 사람들을 단죄하는 것에 그가 앞장서야 하지 않는가!

돌을 던지는 인파들 중 하나가 나서서 대답했다.

"당신이 우리의 구세주인 것은 확실합니다. 하지만 우리의 일을 방해하지 말아주십시오. 변절자들은 다른 일이 일어나도 우리를 변절할 것입니다. 이런 일은 당신이 더 앞장서야 하지 않습니까?"

그의 말에 상두는 고개를 끄덕였다. 사실 그의 말에도 일리가 있었다.

하지만 재판의 과정도 거치지 않고 죄의 경중을 따지지 않고 무조건 사람을 해하는 것은 마족이나 다름이 없었다.

"이곳에 마족과의 전투에 참여한 자들 있으면 나와보시오."

모두들 머뭇거렸다. 사실 마족이 이 세상을 점령했을 당시 많은 자들이 숨어들었다.

전쟁에 참여할 생각조차 없었던 것이다. 만약 꽤나 많은 사람들이 참여를 했다면 그렇게까지 상황이 나빠지지는 않았을 것이다.

"그렇다면 당신들 중에 떳떳한 사람은 몇이나 되오? 나는 사실 마족에게 귀의한 이들의 기운을 읽을 수 있소. 지금 당신들 중에 그런 사람들을 걸러낼 수도 있소."

상두의 말에 모두들 감정의 동요가 일어났다.

사실 이곳에 있는 사람들 중에 마족에게 무엇 하나 얻은 것 없는 사람은 없었다.

그들에게 식량이라도 받는 부역을 했던 자들도 적지 않을 것이다.

이들의 논리라면 그 부역을 한 자들도 변절자가 아닐까.

"그, 그렇다면… 오늘은 이만……."

나서서 상두에게 반박했던 이가 먼저 돌을 바닥에 떨어뜨리고 뒤돌아섰다.

그러자 많은 사람들이 돌아섰다. 마음에 심한 찔림이 있는 사람들이 많은 것 같았다.

"비열한 놈들……."

상두는 그들의 생각을 알 수가 있었다. 자신의 죄를 덮기 위해 다른 사람들을 밀고한 것이 분명할 것이다.

저쪽 세계의 한국에서도 일제 시대 때나 한국전쟁 당시에도 이런 일들이 비일비재했으니……

"거기 있는 군인들은 들으시오. 이자들을 치료하고 완치되면 감옥에 가둬두시오. 내가 지휘부에 건의해서 변절자로 오인된 자들을 처우를 재판해달라고 하겠으니."

상두의 말에 병사들은 경례를 하며 그들을 이끌고 물러났다.

"정말 변절자의 기운을 읽을 수 있어요?"

보고만 있던 아르페지오가 물었다. 무척이나 궁금한 것 같았다. 하지만 상두는 고개를 절레 흔들었다.

"내가 읽을 수 있을 리가……. 난 신이 아니야. 그냥 넘겨짚은 거지."

상두의 말에 그녀는 질렸다는 듯 헛웃음을 보였다.

"참 못 말릴 사람이군요."

"이제 그 이야기는 그만하고 축제나 즐기자고."

이번에는 상두가 아르페지오를 이끌었다. 그녀는 상두의 손에 이끌려 즐거운 웃음을 보이며 뒤따랐다.

*　　　*　　　*

지휘부의 회의가 열렸다.

이제는 코른 협의체라는 정식명칭을 만들어 활동하고 있었다.

마족과의 전쟁에서 최전선에서 지휘부를 이끌었던 만큼 코른 협의체의 권한은 절대적이었다.

그 권한은 코른 제국뿐만이 아니라 이웃나라에게까지 행사가 되었다.

상두 역시 그곳에 합류했다.

아무래도 상두의 공이 가장 크니 이곳에 불러들이지 않는 것도 이상했다.

게다가 오늘의 회의는 그 어느 때보다 상두의 참석이 중요했다.

"그러니까… 저를 코른 제도의 황제로 추대하겠다는 겁니까?"

코르테스는 상두의 물음에 고개를 끄덕였다.

코른 협의체의 권력이 커지는 만큼 수장의 유무가 중요했다.

하지만 이 지휘부에는 황제의 자리에 오를 만한 명분이 있는 사람이 없었다.

그 명분에 가장 근접한 사람은 바로 상두였다.

"지금 상황에서 코른 제국의 구심점이 될 수 있는 사람은 역시나 자네뿐일세."

코르테스의 말에 상두는 고심했다.

지금 상황에서 황제의 자리에 오를 수 있는 사람은 역시나 상두 그밖에 없었다.

하지만 그는 황제의 자리가 부담스러웠다. 권력의 정점에 섰다가 좋지 않은 결과를 초래한 이들을 너무도 많이 봤기 때문이다.

그가 황제가 되려고 했다면 벌써 그렇게 했을 터였다. 하지만 권력의 무상을 알기에 그는 꺼려지는 것이다.

게다가 왕정은 적잖은 부작용이 있었다. 권력이 소수에게 쏠리다 보니 대다수의 민중은 노예와 같은 삶을 살고 있다.

그렇다고 이렇게 계급제도가 철저히 지켜지는 사회에 급작스러운 민주주의 의회제도를 구현하는 것도 이치에 맞지 않았다.

제대로 된 발전 과정으로 이뤄지지 않아 성숙되지 못한 사회에서 급격한 민주화는 오히려 세상을 혼란에 빠뜨릴 수 있는 것이다.

"저는 황제가 되고 싶지 않습니다."

상두는 단호히 읊조렸다.

그의 말에 모두들 웅성거렸다. 그들의 사고방식으로는 이해가 되지 않는 것이었다.

황제라면 제국의 최고 권력이 아닌가.

그런 권력을 내치는 것은 큰 용기가 없으면 가능하지 않는 행동이었다.

코르테스의 인상은 이 자리에 있는 누구보다 굳어져 있었다.

상두의 성격을 잘 알고 있는 그였기에 상두가 이렇게 나오리라는 것 정도는 알고 있었다.

하지만 실제로 거절하고야 마니 당황스러운 것도 사실이었다.

"저는 이만 자리에서 일어나 보겠습니다."

상두는 도망치듯 자리에서 일어났다.

더 있다가는 그에게 정말로 황제의 자리를 맡길 것만 같았다.

상두가 떠나가자 모두들 고개를 절레 흔들었다.

"어떻게 하실 겁니까?"

위원들은 코르테스에게 물었다. 코르테스는 한숨만 내쉴 뿐이었다.

답이 나오지 않았다. 상두가 아니면 황제가 될 만한 인물이 누가 있겠는가.

게다가 상두가 황제가 되지 않는다면 큰 문제가 불거져 나올 것이다.

이대로 위원회가 계속 이어진다면 이 권력을 추종하는 이들과 상두를 추종하는 이들로 갈릴 수 있다.

상두가 원하든 원하지 않든 분열이 초래될 터.

상두도 그런 사실을 잘 알고 있을 텐데 이런 결정을 내리지 코르테스는 가슴이 답답해져 왔다.

"어떻게든 그의 마음을 바꿔야지. 이대로는 분열이 초래된다."

코르테스의 말에 모두들 고개를 끄덕였다.

지금은 분열을 할 때가 아니다. 어떻게든 힘을 합쳐 다시 세상을 재건해야 되는 때인 것이다.

도망치듯 밖으로 나온 상두는 한숨을 내쉬었다.

"내가 황제?"

그는 한 번도 그런 생각을 전혀 가져 본 적이 없었다. 권력을 탐하는 필부와 같은 자가 아니기 때문이다.

"하지만… 분열이 될 텐데……."

하지만 황제 즉위를 거부한다면 분명 분열을 초래할 것이라는 점을 상두도 잘 알고 있었다.

그렇다고 해서 상두가 황제에 오른다고 해서 분열이 안 되는 것도 아니었다.

이미 코른 협의체의 권력은 황제의 권위에 필적할 만큼 강해졌기에 어차피 분열은 불 보듯 뻔하다.

"역시 답은 의회제도밖에 없는 것인가?"

역시나 권력을 국민에게 어느 정도 양도할 수 있는 국민투표를 통한 의회제도가 가장 좋은 방법일 것이다.

하지만 사회가 그만큼 성숙되지 못하고, 인프라가 구축되어 있지 않은 곳에서 그것은 무리일 것이다.

아픈 머리를 부여잡고 그는 사부에게로 향했다.

이렇게 머리가 아플 때 사부의 이야기를 들으면 어느 정도 안정이 되기 때문이었다.

사부의 거처에 도착했을 때 사부는 짐을 싸고 있었다.

"사부님?"

상두는 의아해 그를 불렀다. 사부는 웃음을 보이며 상두를 맞이했다.

"왔느냐."

사부는 아무렇지 않은 듯 대답하고 짐을 더 꾸리고 있었다.

"떠나시는 겁니까?"

상두의 물음에 그는 고개를 끄덕였다.

"왜 그러시는 겁니까?"

상두는 재차 물었다. 도무지 이해가 되지 않았다.

사부 역시 카이데아스의 소멸에 가장 큰 역할을 했던 사람이다.

남는다면 부귀영화를 얻을 수 있을 것이다. 그럼 남은 여생을 편하게 지낼 수 있을 게 분명하다. 그런데 그 모든 것을 포기한다는 말인가.

"부귀영화를 모두 버리시겠다는 겁니까?"

"내가 그런 것을 따지는 사람이더냐?"

사부는 되물었다.

상두는 머리에 둔기를 맞은 것처럼 멍해져 왔다.

그는 세상사 부귀영화 권력 따위는 상관도 하지 않는 그런 사람이었다.

진즉에 그런 것을 원하는 사람이라면 손에 쥘 수 있는 사람이었다.

그런 사부의 성품을 상두도 배운 것일 터다.

그래서 그는 지금 황제의 자리를 고사한 것이다.

"네놈은 부귀영화를 원하느냐?"

사부의 물음에 상두는 고개를 절레 흔들었다. 그 역시 부귀영화에 관심이 없었다. 너무도 다른 사부와 그것만은 닮아 있었다.

"부귀영화란 것은 덧없는 것이다. 그것을 네놈도 깨달아서 다행이구나."

사부의 짐은 역시나 단출했다. 사실 그것도 이곳에 머물면서 구입한 옷가지 몇 벌이 전부였다.

선물로 받았던 모든 물건을 두고 가는 것이었다.

"따라오지 마라."

사부는 문밖으로 나갔다. 헤어지는 순간마저 사부는 이토록 무미건조하게 했다.

하지만 상두는 사부의 매정한 말을 쉬이 들을 사람이 아니었다. 무작정 사부의 뒤를 따랐다.

사부는 상두를 보지도 않고 천천히 걸어 나갔다.

그 앞에 펼쳐지는 재건되고 있는 모습을 흐뭇한 모습으로 바라보았다.

아무리 떠난다고 해도 이것을 눈에 새기고 싶었던 것이다. 이렇게 발전되는 데에 그 역시 일조한 것이다.

사부가 천천히 도성의 밖으로 나갈 때까지 상두는 사부의 뒤를 따랐다. 아무런 말도 없이 묵묵히 따를 뿐이었다.

"따라오지 말라고 했잖느냐."

도성 밖으로 나오자 사부는 걸음을 우뚝 멈추고 말했다. 상두는 보지도 않은 채…….

"제가 언제 사부의 말을 따른 적이 있던가요?"

"그녀석 참……."

이제 사부를 보내야 할 시간이었다. 하지만 언제나처럼 사부나 상두나 헤어짐은 그리 익숙지가 않다.

"사부님……."

"왜 그러냐?"

"지금껏 제가 사부님의 존함을 묻지 않았었습니다."

"그래서?"

"마지막으로 사부님의 존함을 듣고 싶습니다."

"이름 따위는 알아서 뭐하느냐. 난 너의 사부다. 그것만으로 되는 것 아니냐?"

사부의 말에 상두는 고개를 끄덕였다.

이름을 알아서 무엇하랴. 사부는 그에게 많은 것을 가르쳐 주었다.

그것만으로 되는 것이다. 이름 따위 몰라도 사부는 사부인 것이다.

"앞으로도 올바른 길을 걷기를 바란다. 나의 바보 제자야."

사부는 그렇게 당부하고 저 멀리 언덕으로 걸어 올라갔다. 언덕의 능선을 올라 사부가 보이지 않을 때까지 상두는 바라보았다.

그렇게 상두의 사부는 떠났다.

사부가 떠남에 상두는 생각이 많아졌다.

"나도 역시 떠나야 되는 건가……."

역시나 분란을 잠재우기 위해서는 떠나는 것이 가장 좋은 방법일 것이다.

아무리 구세주라고 하여도 눈앞에서 사라진다면 사람들의 기억에서도 잊힐 것이다.

상두는 다시 거처로 돌아갔다.

거처에 가까워 갈수록 상두는 점점 이곳을 떠나야겠다는 생각이 점점 강하게 들었다.

그것이 그를 위해서도 이 세상을 위해서도 올바른 일일 것이다.

그의 거처에 도착했을 때.

"어디를 다녀오는가."

코르테스가 그를 문 앞에서 기다리고 있었다. 상두는 그에게 묵례로 예를 표했다.

"사부님을 배웅하고 왔습니다."

"떠나신 건가?"

그의 물음에 상두는 고개를 끄덕였다.

"역시 바람 같은 분이시군."

코르테스 역시 상두의 사부가 떠나리라는 점을 예상하고 있었던 것이다.

"일단 들어가시죠. 밖이 좀 춥군요."

상두의 안내에 그는 고개를 끄덕이고 안으로 들어섰다.

"정말 황제가 되지 않을 셈인가?"

코르테스는 안으로 들어서자마자 상두에게 물었다.

상두는 고개만 끄덕일 뿐이었다.

더 이상 그것에 대해 말하지 않겠다는 의지표명인 듯했다. 하지만 코르테스는 포기할 수가 없었다.

"그렇다면 이 나라가 분열되는 것을 보고만 있겠다는 것인가?"

"그럴 생각도 없습니다."

"모순이야. 자네가 있는 것 자체가 분열되는 문제점이란 것을 왜 모르는 것인가."

"그런 것쯤은 저도 알고 있습니다."

코르테스는 한숨을 내쉬었다. 알면서도 자꾸만 그 자리를 마다하는 상두를 이해할 수가 없었다.

"저는 떠날 겁니다."

하지만 상두의 대답은 의외였다. 코르테스는 이번에는 눈을 크게 떴다.

"그게 무슨 말인가!"

상두는 이번 마족과의 전쟁의 최고의 영웅이다. 영웅일 뿐만이 아니라 구세주이다.

구세주가 떠난다면 이 세상에 얼마나 많은 혼란이 일어나겠는가.

"자네가 떠나면 혼란이 빚어질 것이네. 그런데 떠난다니! 도대체 머릿속에 뭐가 들어 차 있는 것인가!"

코르테스는 무척이나 화를 냈다. 상두는 그저 묵묵히 눈을 감고 있었다, 어떠한 반론도 하지 않은 채…….

코르테스가 화를 내는 이유를 상두도 이해했기 때문이다.

한참 뒤에 상두는 입을 열었다.

"사회가 어느 정도 안정이 되면 떠날 겁니다. 너무 걱정 마십시오."

"그렇게 황제가 되기 싫은가?"

"권력의 정점은 사람을 나태하게 만듭니다. 저는 그런 것이 싫습니다."

코르테스의 이마에 주름이 늘었다. 하지만 아직 떠나지 않겠다는 말로 보아선 아무래도 그동안 구워삶으면 황제의 자리에 오를 가능성이 엿보였다.

"그렇다면 황제가 되지 말고 우리 코른 협의체의 수장이 되어주게."

그의 끈질김에 상두는 고개를 끄덕일 수밖에 없었다.

황제와 달리 그런 직책이라면 물러나는 것도 그리 어렵지 않을 것이다.

어느 정도 시스템을 구성한 다음에 자연스럽게 직책을 양도하면 될 것이다.

"그렇다면 내일 전국에 공표하겠네. 그렇게 알고 있으라고."

코르테스는 자리에서 일어났다. 상두는 그를 배웅했다.

"후우……."

그가 밖으로 나가자 상두의 깊은 한숨이 뿜어져 나왔다.

어떻게든 최고의 권력의 자리에 올라야 하는 것이다. 하지만 상두는 오랜 시간 있지는 않을 것이다.

"권력이 나를 잡아먹지는 않게 해야겠지……."

상두는 그렇게 다짐하고 주먹을 꽉 쥐었다.

사부가 보여준 예도 있지만, 그가 이 세계로 다시 넘어오기 이전 권력이 얼마나 사람을 망가뜨리는지 충분히 겪었고, 이를 되짚을 시간이 존재했기에 그런 것이다.

*　　　*　　　*

상두는 서류에 둘러싸여 있었다.

서류 더미에 깔려 죽을 것만 같았다. 그의 결제가 나야 모든 것이 처리가 되니 어쩔 수가 없었다.

"위원장."

코르테스가 들어왔다.

그에게는 또다시 서류 더미가 가득 들려져 있었다. 상두는 또다시 밀려드는 한가득 서류에 기가 차는 듯 인상을 구겼다.

"코르테스 위원님, 당신은 서류 더미에 저를 깔려 죽게 하려고 이곳에 보낸 겁니까?"

상두의 하소연에 코르테스는 단호한 태도로 대답했다.

"그런 농담할 정신이 있다면 서류 정리나 좀 하게."

그러고는 책상에 서류 더미를 올려놓았다.

"좀 봐달라구요."

"볼멘소리 그만하게."

코르테스는 다시금 단호히 말하고 밖으로 나갔다.

"아… 진짜 너무하네."

상두는 인상을 찌푸리며 다시 도장을 찍기 시작했다. 일을 미룰 수는 없는 노릇이다.

위원장의 자리에 오른 지 벌써 반년 가까이 지나왔다.

꽤나 긴 시간이 지났음에도 아직까지 사회는 안정이 되지 않았다.

해방되었다는 사실을 모르던 사람들이 꾸역꾸역 몰려와 이들을 통제하는 데 시간이 걸린 탓도 있고, 사회 시스템을 새롭게 구축하는 어려움도 병행되었기에 벌어진 사태였다.

가장 문제가 되는 것이 바로 치안이었다.

국가가 붕괴되었다가 재건되다 보니 공권력이 미치는 범위가 제한적일 수밖에 없었다.

새로 구성된 코른 협의체의 장악력이 제국의 곳곳까지 닿으려면 십 년은 걸려야 될 것 같았다.

"언제까지 이럴 수만은 없지. 어느 정도 골격이 잡히면 물러나야겠어."

상두는 이런 자리에 머물 생각이 없었다. 시스템만 제대로
구축되면 언제라도 물러날 것이다.

"우아… 이제 다 끝났나?"

그 많던 서류의 결제를 모두 마쳤다.

그는 자리에서 일어나 스트레칭을 했다. 일하는 것도 중요
했지만 쉬는 것도 일의 연장선이다.

그는 창밖을 바라보았다.

검은 기운들이 모조리 걷어진 세상은 맑고 투명했다. 하지
만 너무도 한적한 모습.

저쪽 세상에서는 너무도 바쁘게 살아왔다. 하지만 즐거운
것이 사실이었다.

그 문명에 길들어진 상두에겐 모든 것이 그리운 게 사실이
었다.

이제 모든 것을 해결했다.

돌아가고 싶었다. 이전 세계로…….

이곳은 분명 카논의 모국이다. 그가 나고 자랐던 곳이다.

하지만 이곳에서 모든 일을 이루고 나니 그쪽 세계가 더 그
리운 것이 사실이었다.

그곳에서는 아직 이루지 못한 것이 너무도 많았다.

이성만에게도 육 개월만 기다려 달라고 했는데 벌써 그 세

월이 훌쩍 지나 버리고 말았던 것이다.

"돌아가고 싶다……."

이 세계에서의 일이 더욱더 많아질수록 더욱더 권력이 그의 몸을 잠식해 올수록 그쪽으로 돌아가고 싶었다.

모든 것을 털어버리고 새로운 삶을 살아가고 싶은 소망 때문이었다.

상두는 창문을 바라보는 것만으로는 답답함을 이겨낼 수가 없었는지 집무실 밖으로 나갔다.

서류의 압박 속에서 더 이상 머물기 싫었던 것이다.

"카논."

집무실 밖에는 아르페지오가 기다리고 있었다.

얼굴에 지루하다라고 써 있는 것으로 보아 꽤나 오랜 시간을 기다리고 있었던 것 같았다.

"아르페지오……."

"이제야 일이 끝난 거예요?"

그녀는 상두에게 볼멘 목소리로 물었다.

"응, 그런데 들어오지 않고 뭐한 거야?"

"아버지가 방해하지 말라고 해서요."

상두의 되물음에 아르페지오는 그렇게 배시시 웃는다.

"오래 기다릴 거면 먼저 돌아가지."

그의 말에 아르페지오는 또다시 배시시 웃으며 대답했다.

"아버지가 당신의 마음을 꼭 잡으라고 했어요. 언젠가 떠날지도 모른다고. 왜 그런 말을 하셨는지 모르겠지만, 당신을 보니 알겠어요."

"무슨 말이야?"

"얼굴에 다른 생각으로 가득해 보여요."

상두는 마음에 찔리는 듯 어색하게 웃어 보였다.

"같이 산책 좀 하겠어?"

"안 그래도 그래서 왔어요."

상두의 제안에 아르페지오는 고개를 끄덕였다. 어색한 분위기를 없애기 위한 상두의 노력이었다.

"그럼 가요."

그녀는 상두의 팔짱을 끼었다.

이상하게도 상두는 오늘만큼 그녀가 이렇게 옆에 붙는 것을 밀쳐내지 않았다.

오늘만큼은 상두도 그녀의 이런 스킨십이 싫지만은 않았던 것이다.

그렇게 두 사람은 밖으로 나갔다.

이리저리 돌아다니면서 상두는 아무런 말을 하지 않았다.

이제 많이 복구가 되어가는 카이난 도성은 꽤나 활기찼다. 사람이 많아져서 볼거리도 많아지고 있는 추세였다. 하지만 상두는 넋이 반쯤 나간 사람처럼 그저 멍할 뿐이었다.

아르페지오는 그런 상두를 이해하는 듯 그를 배려하기 위해 아무런 말을 하지 않았다.

그렇게 걷던 그들은 인적이 드문 호숫가까지 다다랐다.

호숫가에서도 두 사람은 한참을 말을 하지 않았다. 상두가 아무런 말이 없으니 그녀 역시 말을 붙이기 어려웠다.

하지만 아르페지오는 이런 분위기가 너무 싫어서 어렵게 입을 열었다.

"아름답죠?"

아르페지오의 말에 상두는 건성으로 고개를 끄덕였다.

지금 그의 눈에는 아무것도 제대로 보이지 않았다. 그저 저쪽 세계의 그리움만 남아 있을 뿐이었다.

"돌아가고 싶어요?"

문득 그녀는 물었다.

"어딜?"

상두는 도둑이 제 발 저리 듯 되물었다.

"그쪽 세계요."

아르페지오의 물음에 상두는 잠시 아련한 눈빛이 되더니 고개를 절레 흔들었다.

"돌아갈 수가 없잖아."

"마법사들의 희생이 있으면 가능해요."

"아니, 내 헛된 꿈을 위해서 마법사들을 희생시킬 수는 없어. 게다가 내가 돌아간다는데 어떤 마법사가 희생을 하겠어."

상두의 말에 그녀는 고개를 끄덕였다.

"그러니까 잊어 버려요."

아르페지오의 말은 상두의 가슴속에 비수처럼 꽂혔지만 현실은 현실이었다.

그녀의 말대로 잊어야 한다.

상두가 돌아갈 수 있는 방법은 없다고 봐야 한다. 누가 그를 위해서 목숨까지 버려서 떠나게 만들어 주겠는가.

그것도 이 세계를 떠나 다시는 돌아오지 않겠다는데…….

"모두 잊어야겠지."

상두는 한숨같이 읊조렸다. 모두 한여름 밤의 꿈처럼 잊어야 했다.

어차피 그쪽 세상에서의 세월들은 카논이 살아온 세월 중에서는 한부분에 지나지 않는다.

극히 일부분일 뿐이다…….

상두는 호수를 한참을 멍하니 바라보다 거처로 돌아가기 위해 발길을 돌렸다. 아르페지오도 말없이 그의 뒤를 따랐다.

"응?"

거처로 돌아가던 상두의 낯빛이 달라졌다.

"왜 그래요?"

눈치 빠른 아르페지오가 상두에게 물었다. 하지만 상두는 대답하지 않았다.

"아무것도 아니야."

하지만 상두는 그녀를 집까지 바래다주는 내내 얼굴빛이
좋지 않았다.

무엇엔가 쫓기는 사람과도 같았다.

아르페지오는 그런 상두가 이상했지만 캐묻지는 않았다.
어차피 캐묻는다고 대답해줄 남자는 아니었다.

"오늘 즐거웠어요."

"나야말로."

상두는 어색하고 웃고는 그녀를 집 안으로 들여보냈다.

"제길… 이 익숙한 기운은……!"

상두는 아르페지오를 집에 들여보내자마자 마구 뛰기 시
작했다.

이상한 기운을 느낀 탓이었다. 그 기운을 확인하기 위해 상
두는 미친 듯이 내달렸다.

"설마 아닐 거야. 설마 아닐 거야!"

계속해서 상두는 설마를 외쳤다. 그만큼 지금 그가 느끼는
기운은 불길했다.

상두는 빠르게 내달려 도성에서 굉장히 멀리 떨어진 숲속
까지 들어올 수가 있었다.

숲속에는 음험한 기운이 감돌았다. 상두는 이 기운에 몸서

리쳤다.

그는 더욱더 깊숙한 숲속까지 들어갔다. 들어가면 들어갈수록 그 음험한 기운은 더욱더 증대되었다.

이 기운은 익숙하다.

"이것은……."

바로 마계의 기운이었다. 지독하게 벗어나기 위해 싸워왔던 그 마계의 기운인 것이다.

"설마 아닐 거야. 마계에 잠시 균열이 생긴 것일 거야."

그는 계속해서 되뇌고 또 되뇌었다. 가끔 마계와 인간계의 공간의 틈이 갈라지는 경우도 있다.

하지만 그런 사소한 일이 아니라는 것을 알게 되는 것은 그리 오래 걸리지 않았다.

"오랜만이군."

나아가던 상두는 우뚝 멈춰 섰다.

상두의 온몸이 부들부들 떨려왔다. 그의 불길한 기분은 들어맞았다. 언제나 그의 불길한 예감은 틀린 적이 없었다.

"카이데아스!!"

상두의 앞에는 카이데아스가 쭈그리고 앉아 있었다.

소멸되었어야 하는 카이데아스가 상두를 노려보고 있었던 것이다!

CHAPTER **07**
카이데아스 (2)

"카이데아스!!"

상두의 앞의 카이데아스…….

다 헤져 있는 로브를 입고 있는 카이데아스는 자리에서 일어났다.

하지만 카이데아스에게서 흘러나오는 기운은 예전과 같지는 않았다.

아직 완전한 힘을 복구하지 않았던 것이다.

"그때는 정말 죽는 줄로만 알았다."

카이데아스의 눈에는 광기가 가득했다. 이성보다는 광기

가 그의 온 정신을 사로잡고 있는 것으로 보였다.

상두는 그 모습에 경계했다. 언제 폭발할지 모르는 활화산처럼 보였던 것이다.

"그 폭발은 정말로 죽는 것으로만 생각했거든… 너도 그때 죽어버렸으면 좋았을 텐데……."

카이데아스는 기분 나쁜 스산한 웃음으로 상두를 바라보았다. 상두는 그런 그에게 단 한마디도 하지 못했다.

"그때 본능적으로 에너지를 끌어 올려 배리어를 치지 않았더라면 죽었을 거야. 하지만 나는 이렇게 부활했다. 만신창이지만 말이야. 만신창이 마신이라… 그것도 나쁘지 않지."

카이데아스의 말에 상두는 이를 꽈득 갈았다.

예전의 힘을 지니고 있더라면 지금 카이데아스의 숨통을 바로 끊을 수 있을 것이다.

하지만 상두 역시 그 폭발 때 에너지를 너무 많이 소모했다.

남아 있는 힘은 지금 이 앞에 서 있는 카이데아스 정도밖에 남아 있지 않았다.

덕분에 함부로 달려들 수도 없었다. 이대로 달려든다면 이겨낼 자신도 없었고, 상두 역시 굉장한 피해를 입을 것이 분명했다.

"너도 힘이 예전 같지 않군."

카이데아스는 상두를 제대로 꿰뚫어 보고 있었다.

다시 한 번 기분 나쁜 징그러운 웃음을 보이는 카이데아스. 상두는 씁쓸한 미소를 지으며 그를 바라보았다.

"그렇다면 덤벼라. 이제는 완전히 끝장을 내주마."

상두는 그를 도발했다. 아무리 피해를 입는다고 해도 이 카이데아스를 이대로 놔둘 수는 없었다.

어떻게든 숨통을 끊어 완전한 결말을 내려야 하는 것이다. 하지만 카이데아스는 고개를 절레 흔들며 입을 열었다.

"나의 너에 대한 생각은 여전히 같다. 나와 손잡고 이 세상을 도모해 보지 않겠나?"

"또다시 헛소리냐?"

"너와 나의 힘은 예전 같지 않다고 하더라도 이 세상에서 당해낼 자가 없는 것은 확실하다. 두 사람이 손을 잡고 이 세상을 도모한 뒤 조금씩 힘을 되찾아 다른 차원까지 도모하는 것은 어떠한가?"

귀를 녹일 듯한 달콤한 제의…….

하지만 그런 것에 넘어갈 상두가 아니었다.

어차피 카이데아스와 손을 잡지 않고도 이 대륙 따위는 도모할 수 있는 상두였다. 그럼에도 불구하고 황제의 제의까지 거절했다.

그렇게 마음이 강한 사람…….

상두는 바로 그런 사람이다.

"여전히 앞뒤가 꽉 막힌 놈이로구만. 그렇다면 더 이상 볼일은 없다."

카이데아스가 뒤로 물러나기 시작했다.

"도망칠 수 없을 것이다!!"

상두는 카이데아스의 뒤를 쫓았다. 하지만 상대는 유령처럼 모습이 흩어지며 사라지기 시작했다.

"안 돼!"

상두는 카이데아스를 잡으려고 했지만 현재 그의 힘으로는 아직 역부족이었다.

"그렇게 달려들지 않아도 곧 만나게 될 거야. 어차피 네놈을 무너뜨려야만 이 대륙을 얻을 수 있을 테니!"

사라졌다.

카이데아스는 마치 없었던 것처럼 사라지고 말았다.

"제기랄, 큰일이군. 이 사실 알려야 하는 것인가……."

상두는 고민에 빠지기 시작했다.

카이데아스는 아직까지 인간들에게 공포의 존재로 각인되어 있었다.

그 공포가 가시려면 두 세대 이상은 지나야 할 것이다.

그런데 그런 카이데아스가 다시 나타났다는 것이 알려진다면 사회는 혼란에 빠질 게 분명하다.

그렇다고 숨긴다는 것도 상황에 맞지 않다. 숨겼다가 갑자기 카이데아스가 나타난다면 수뇌부 역시 당황하여 혼란은 더 클 것이다.

"미치겠군……!"

하나 해결했다고 생각하면 또 다른 문제가 나타난다. 산 넘어 산, 첩첩산중이라는 말은 이때 쓰라고 만든 말인가 싶었다.

"일단은 수뇌부에 알리는 것이 좋겠지……."

그래도 일단 코른 협의회에는 알려서 방법을 강구하는 게 좋을 것이다.

모두가 어느 정도 분별력을 가지고 있는 사람들이니 대비책을 잘 만들어낼 것이다.

밤늦게 코른 협의회 위원들이 모두 모였다. 상두가 급박하게 회의를 소집한 것이다.

위원장의 명령이니 모이지 않을 수 없어 모든 위원이 늦은 밤에도 나아왔다.

그들은 상두의 심각한 모습에 덩달아 잠이 달아나고 심각해졌다.

"무슨 일이십니까, 위원장."

코르테스의 물음에 상두는 심각한 입술을 열었다.

"카이데아스가 나타났습니다."

"카이데아스!"

코르테스는 물론 모든 위원들이 놀란 듯 눈을 크게 떴다.

"분명히 신관들은 카이데아스가 소멸했다고 발표했지 않습니까."

코르테스의 물음에 상두는 고개를 끄덕였다. 분명히 신관들은 그렇게 발표했다. 덕분에 빠르게 사회가 안정될 수 있었다.

"분명히 저도 소멸한 것이라고 느꼈습니다. 하지만 신관들이 느낄 만큼 강력한 힘을 얻지 못했기 때문인 것 같습니다. 저는 마계의 에너지에 신관들보다 훨씬 더 민감하기에 느낄 수가 있었던 것이죠."

상두의 말에 모두들 끙 하는 한숨을 내쉬었다. 하지만 코르테스는 달랐다.

"예전만큼 강한 힘은 가지고 있지 않다는 말입니까?"

상두는 고개를 끄덕였다.

"그렇다면 무슨 걱정입니까. 군사들을 파견해서 해치우면 그만이지요."

코르테스의 이어진 말에 상두의 인상이 굳어진다.

"군사 몇만은 희생해야 될 겁니다."

코르테스는 상두의 반론에 눈가가 파르르 떨렸다.

"힘이 약해졌다고 하지 않았습니까."

"그것은 예전의 기준이죠."

모두들 큰일이라는 듯 인상을 찌푸렸다.

지금 코른의 군사수는 많아 봐야 팔만이다.

코른 제국이 강력했을 때의 병력수의 십분의 일도 되지 않는 숫자였다.

카이데아스와 대결한다면 그중 상당수가 당한다는 말이었다.

군사의 대부분이 치안을 담당하고 있는 그중에 많은 수가 사라진다면 치안 공백이 일어날 것이다.

치안 공백은 반란으로 이어지는 치명적인 결과로 벌어질 수도 있다.

"일단은 민중들에게는 비밀로 해야 합니다. 이제 어느 정도 잡혀가는 치안이 나빠질 것입니다. 게다가 카이데아스에 대한 공포는 아직 남아 있습니다. 두 세대는 지나야 사라질 공포가 아닙니까."

상두의 말에 모두들 고개를 끄덕였다.

"그렇지요……. 민중에게 알려진다면 큰 소요가 있을 것이 틀림이 없습니다. 방향이 잘못되면 반란까지 번질 수도 있으니……. 그렇다면 어떻게 카이데아스를 막겠다는 것인가."

코르테스의 물음에 상두는 쓸쓸한 웃음을 보이며 대답했다.

"제가 나서야겠지요. 그때나 지금이나 카이데아스와 상대할 수 있는 사람은 저뿐이니……."

모두들 공감하는 분위기였다. 하지만 코르테스는 인상이 좋지 않았다.

"하지만 이번에는 더욱더 위험하지 않나? 자네 역시 꽤나 많은 힘을 잃은 것으로 아네만……."

만약 상두와 카이데아스가 조우하여 상두가 죽거나 하게 되면 문제가 크다.

코르테스는 그것이 걱정이었다.

상두가 이번 일에도 대안이라고 하지만 그가 대안인 것들은 그것 외에도 많았다.

"이번에는 정말로 죽을 수 있습니다. 그러니 제가 없을 시의 공백을 생각해 놓으십시오."

상두의 던지듯 내뱉는 말.

코르테스가 걱정하는 것이 바로 상두의 공백이었다.

물론 새로운 지도자를 세우면 그만이다.

하나 상두의 뒤를 이을 명분을 가지고 있는 자는 없다.

코르테스가 마계와의 전쟁 내내 지휘를 맡았다고는 하지만 그리 큰 활약이라 할 만한 것은 없었다.

그저 지키는 것뿐이었다. 물론 그것도 크나큰 공이다.

그러나 대중은 그런 것은 공으로 생각하지는 않는다.

대중의 지지를 받지 못하는 지도자는 생명이 없는 것과 마찬가지였다.

"일단 모두들 본인의 일에 충실하십시오. 저는 내일부터 카이데아스의 추적을 하겠습니다. 제가 없는 공백은 코르테스 위원께서 맡아주시길 바랍니다."

상두의 회의 진행 내내 코르테스는 말이 없었다. 상두를 제외한 위원들 중 리더에 가까운 그는 그의 공백이 너무 걱정되는 것이다.

"이제 해산하셔도 좋습니다."

모두들 자리에서 일어나 다시 거처로 돌아갔다. 돌아가는 내내 그들의 발걸음 분명 가볍지가 않을 것이다.

"어떻게 이길 자신은 있는가?"

모두가 떠났는데도 코르테스는 떠나지 않고 상두에게 물었다.

"해봐야죠. 1퍼센트의 가능성이 있다면 덤벼들어야죠. 언제나처럼 말입니다."

상두는 배시시 웃는다. 코르테스는 그를 못 말리겠다는 듯 바라보았다.

"차라리 병사들을 희생하는 편이 좋지 않을까?"

코르테스가 문득 물었다.

"저는 그러고 싶지 않습니다."

하지만 상두는 강하게 부정했다.

"병사는 부품이 아닙니다. 병사들을 한낱 부품으로만 생각
한다면 카이데아스와 다를 바가 없습니다."

코르테스는 헛기침을 보였다. 그의 물음 자체가 민망한 것
이었다.

코르테스는 부끄러움이 밀려와 얼굴이 붉어졌다.

*   *   *

상두는 잠들어 있다.

회의를 마치고 거처로 돌아오자마자 상두는 쓰러지듯 침
대에 들어가 잠이 들었다.

요즘 들어 부쩍 피곤함이 자주 몰려온다. 그만큼 상두의 몸
의 힘이 많이 약해진 탓일 것이다.

그렇게 잠들어 있는 상두의 귀에 시끄러운 비명 소리들이
들려왔다.

"으음… 뭐지……?"

잠결에 그 소리를 들은 상두는 몸을 뒤척였다. 피곤한 몸이
상두의 몸을 침대에 옭아맨 것이다.

하지만 금방 일어날 수밖에 없었다. 상두의 머릿속을 스치

는 불길한 생각에 벌떡 일어났다.

"설마……!"

상두는 빠르게 일어나 겉옷을 걸치고 창으로 향했다. 커튼을 걷어 창밖을 바라보는 그의 눈이 일그러졌다.

"제기랄!"

사방의 건물들이 불타오르고 있었다.

그 사이로 사람들은 아비규환으로 도망치고 있다.

그리고 공중에서 에너지를 쏘아대며 사람들과 카이난 성도를 유린하는 한 존재가 있었다.

그가 이 모든 것의 원흉이었다.

그는 바로…….

"카이데아스!!"

카이데아스였다!

"빌어먹을 놈!"

상두는 앞뒤 돌아볼 것도 없이 창문에서 뛰어내렸다. 그리고 날렵한 맹금류처럼 솟아올랐다.

"이런 식으로 나타날 줄이야!"

아직까지 제대로 힘을 되찾지 못했기 때문에 도성을 공격할 것이라고 생각도 할 수 없었다.

하지만 카이데아스는 과감하게 도성을 먼저 공략하기로 마음먹은 것이다.

어젯밤 조우했을 당시 눈에 깃든 광기를 간과해서는 안 되었던 것이다.

"내가 너무 안일했다!"

상두는 카이데아스라는 존재를 너무 과소평가한 자신에게 질책했다.

하지만 그렇다고 한들 너무 늦었다. 지금은 이 상황을 타계하는 것뿐이었다.

사방이 아비규환이었다.

카이데아스의 공포가 고스란히 남아 있는 사람들이었다.

그 공포에서 벗어난 지 이제 갓 반년이 조금 넘은 상황에서 다시 그 공포의 근원이 나타났다.

이런 아비규환은 당연한 것이다. 하지만 그들의 공포를 쫓아낼 존재가 전혀 없는 것은 아니었다.

"카논님이다!"

"카논님이 오셨다!!"

그것은 바로 카논.

대륙의 구세주 카논이었다.

상두가 나타나자 모두들 다시 정신을 차리는 듯 질서정연하게 공권력을 따랐다.

사람들에게 상두란 모든 사태를 정리하는 종결자인 것이다.

"카이데아스!"

상두는 카이데아스 앞에까지 날아왔다. 카이데아스는 그의 모습을 확인하고 공격을 잠시 멈추었다.

"오호라… 오셨는가, 구세주 양반."

비아냥거리는 그의 눈에는 광기가 가득 끓어올랐다. 어젯밤에 조우했을 때보다 훨씬 더 강렬한 광기였다.

"도대체 이러는 이유가 무엇이냐!"

"이유 없어. 그저 이곳에서 발을 붙이고 사는 버러지들이 신경에 쓰일 뿐이야. 크크큭!"

상두는 주먹을 부들부들 떨었다.

"죽어라!!"

상두는 그를 향해 빠르게 날아들었다. 그러는 와중에도 카이데아스는 계속해서 광기 어린 눈빛으로 도성을 공격했다.

"그만두란 말이다!!"

상두는 카이데아스의 복부에 어깨에 고정시키고 빠르게 그를 밀어붙이며 날아갔다.

그런데도 카이데아스는 공격을 멈추지 않고 지상을 향해 에너지 탄들을 마구 쏘아댔다.

"이런 빌어먹을!!"

상두는 지금 도성에서 카이데아스를 떨어뜨려 놓는 것에만 집중했다.

조금이라도 카이난의 피해를 줄여야 했다.

한참을 비행하던 상두는 카이난과 어느 정도 멀어졌음 확인했다.

도성에서 눈에서 보이지 않자 카이데아스는 공격을 멈추었다.

하지만 아직도 광기에 물든 눈빛은 사라지지 않았다.

차갑고 냉철한 카이데아스의 모습은 이제 보이지 않았다. 그저 의미 없는 살육을 반복하는 괴물이 되어 버렸다.

"죽어라!!"

상두는 카이데아스를 그대로 바위산을 향해 힘껏 던져 버렸다.

카이데아스와 부딪친 바위산은 그대로 굉음을 내며 무너져 내렸다.

하나 무너진 바위산의 잔해들이 도리어 상두를 향해 날아왔다.

카이데아스가 튕겨내 버린 것이었다.

"하압!"

상두는 기합을 내뿜었다. 기합과 함께 온몸에서 기류가 뿜어져 나와 파편들을 모조리 사방으로 날려 버렸다.

"흐아압!"

뒤이어 광기에 물든 카이데아스가 소리를 지르며 돌진해

왔다.

카이데아스는 앞서 상두가 그랬던 것처럼 그의 복부를 어깨로 부딪쳐 그대로 밀어붙였다.

그리고 상두를 자신과 같이 바위산에 처박아 버렸다.

역시 굉음과 함께 바위산이 무너져 내렸다. 무너진 잔해는 상두를 뒤덮었고 그대로 깔렸다.

상두는 자신에 의해 무너진 잔해를 모조리 사방으로 날려 버렸다.

그리고 상두는 다시 공중으로 솟아올랐다.

"제길……."

찢어진 윗옷이 거슬렸는지 뜯어 벗어 버렸다.

확실히 강했다.

과거 카이데아스가 폭주하여 거대화하였을 때 촉수와 에너지 구체를 통해 공격을 받았을 때에 비한다면 객관적으로 많이 약해진 것은 분명했다.

하지만 이렇게 몸으로 부딪치니 더욱더 그의 힘이 현실로 와 닿아 느낌이 완전히 달랐다.

이제 돌이킬 수가 없었다. 이미 시작된 싸움, 결말을 지어야 한다.

상두는 그대로 카이데아스를 향해 날아들었다.

"카이데아스!!"

카이데아스 역시 상두를 향해 날아들었다.

"카논!!"

두 사람의 함성이 사방을 한없이 뒤덮은 후 격돌이 시작되었다.

그야말로 최종전이었다.

카이데아스가 거대한 모습이었을 때보다도 훨씬 더 처절했다.

힘의 크기가 서로 거의 비슷하기에 더욱더 처절함은 부각되었다.

상두와 카이데아스의 피가 사방으로 튀었다. 땀도 비처럼 흩날렸다.

그렇게 처절한 공방전, 그들의 피가 말리는 격돌로 인해 폭풍과도 같이 충격파가 뿜어져 휘몰아쳤다.

이것은 흡사 태풍이었다.

상두와 카이데아스가 일으키는 강력한 태풍으로 인해 사방의 나무들이 바람에 뿌리가 뽑힐 듯 휘청거렸고, 동물들은 모두 피하기 바빴고, 새들은 이미 저 멀리 날아가 버렸다.

그렇게 격돌하는 가운데 점점 카이데아스의 몸이 붉게 물들어갔다. 그와 함께 강렬하게 발열했다.

상두의 몸에 작은 화상을 입힐 정도였다.

그렇게 공방전을 벌이던 중 카이데아스가 공격을 멈추었

다. 상두 역시 이상한 생각이 들어 공격을 멈추었다.

"후후… 여기까지인가?"

카이데아스의 눈빛에 광기가 사라졌다.

"무슨 말이냐."

"내 몸은 여기까지가 한계다. 더 이상은 무리야. 조금만 힘을 쓰면 곧 완전히 폭발해서 소멸하겠지. 그저 가만히 있었으면 구차한 목숨을 구할 수 있었을 텐데……. 내가 어리석은 거냐?"

"알면서 왜 이렇게 한 거냐."

"본능이지, 마족으로서의 본능. 인간도 성욕과 식욕이 있듯 우리 마족에게는 파괴 욕구가 있다. 그것을 이겨낼 마족은 그리 많지 않아. 나 역시 그렇고……."

카이데아스는 갑자기 가슴에 주먹을 강하게 내려쳤다.

"크윽……!"

카이데아스의 손이 가슴을 파고들어 피가 흘렀다. 그는 손을 가슴을 헤집었다.

그러고는 안에서 반짝이는 무언가를 꺼냈다.

"이것까지 박살 나면 안되지. 아까우니 네놈이 받아라."

그는 그것을 상두에게 던졌다.

"이게 무어냐?"

"차원을 이동할 수 있게 만드는 결정이다. 이것으로 너를 그 세계로 던져 버렸지. 마족 중 그 결정을 타고나는 자는 만 년에 한 번 있을까 말까 한 거니까 잘 보관해둬."

상두의 눈빛이 흔들렸다. 이것만 있다면 차원을 이동하여 이전 세계까지 갈 수가 있다는 말이 아닌가.

하지만 의문이 들었다. 왜 이것을 카이데아스는 상두에게 넘기는 것일까?

"이걸 왜 주는 거야?"

"그걸 몰라서 묻나?"

카이데아스가 되물었다. 상두는 가슴이 두근거렸다.

"하지만 나도 모르겠어……. 무엇 때문에 너 같은 놈에게 주는지……. 하지만 그것이 너에게 필요하다는 생각이 들더군. 어쩌면 호적수에 대한 친근함 때문인지도 모르겠다. 아무튼 마음속으로 강하게 염원하면 아마도 네가 원하는 세계로 이동할 수 있겠지."

상두는 고개를 끄덕였다.

"고맙다."

"허튼소리 마라. 그런 소리를 들으려고 한 행동은 아니니까."

카이데아스는 히죽 웃으며 공중으로 솟아올랐다.

그 모습은 마족 특유의 천박함과 괴기함이 없었다. 아름다운 한말이 드래곤 같은 느낌이었다.

그가 공중으로 솟은 지 얼마나 됐을까?

공중에서 붉은 섬광과 함께 폭발음이 들려왔다. 이윽고 후폭풍이 산들바람처럼 상두에게 날아들었다.

마치 카이데아스의 상두를 향한 마지막 인사 같았다.

"너는 힘든 적이었다. 하지만 그것은 가장 강했기 때문이다. 잘 가라, 나의 난적 카이데아스여……."

상두는 떠나는 적에게 마지막으로 경의를 표했다.

상두는 그렇게 다시 카이난으로 돌아갔다.

카이난으로 상두가 모습을 드러내자 도성의 모든 사람이 환호성을 질러댔다. 이번에야말로 상두가 카이데아스를 물리친 것이다.

카이데아스의 완전 소멸!

그것은 인간이기에 누구든지 누릴 수 있는 축복이라고 그들은 생각했다.

카이난에 도착하자마자 상두는 최고 위원장답게 주변의 피해 상황을 먼저 살폈다.

하나 생각보다 피해는 그리 많지가 않았다. 위원회에서 발빠른 대처를 했기 때문이었다. 어젯밤 상두가 카이데아스의 존재를 알린 것이 주요했다.

"잘 돌아왔어."

코르테스가 악수를 청했다.

상두는 악수를 받아들었다. 두 사람이 악수를 하니 사방의 민중들이 괴성에 가까운 함성을 질렀다.

이제 정말로 끝이다.

연일 연회가 벌어졌다.

이제 어느 정도 사회가 안정 되어 물자가 조금씩 풍성해지는 상황이다.

그런 가운데 카이데아스의 완전 소멸을 확인했으니 축제가 없는 것이 이상했다.

코른뿐만이 아니라 대륙의 모든 나라가 소식을 접하고 축제를 벌였다.

하지만 코른 협의체 사람들은 쉴 수가 없었다.

아직까지 처리해야 되는 것들이 산더미처럼 쌓여 있었다. 게다가 카이데아스의 마지막 공격으로 인해 수도 카이난이 피해를 입었다.

그와 관련된 민생고를 처리하는 것이 더해지니 정신을 둘 곳이 없었다.

상두는 서류를 정리하는 내내 멍한 눈이었다.

미친 듯이 일을 해도 모자랄 판에 무엇엔가 홀린 것 같은 눈빛이었다.

"도대체 무슨 일이 있었던 건가?"

코르테스의 물음에도 상두는 대답지 않고 기계적으로 서류에 인장을 찍어갔다.

내용 따위는 이미 확인도 하지 않고 있었다.

"그게 무슨 안건인지는 알고 도장을 찍는 건가?"

답답한 코르테스가 물었지만 상두는 대답이 없었다. 다음 서류에 도장을 찍기 위해 서류를 넘길 뿐이었다.

"카노오오오온!!"

코르테스의 호통과 같은 부름에 상두는 화들짝 놀라 대답했다.

"네?"

그는 잠에서 깬 사람처럼 흐리멍덩한 눈빛으로 코르테스를 바라보았다.

"그 안건은 마족에게 협력한 사람들 중 가장 죄질이 나쁜 자들을 구명하자는 안건이네."

"아 그렇습니까?"

상두는 다시 서류를 확인하고는 서류의 인장을 지웠다. 하마터면 말도 안 되는 안건을 처리할 뻔 했다.

"고마워요, 코르테스."

"도대체 무슨 생각에 빠져 있는 건가?"

상두의 고맙다는 인사에도 코르테스는 그를 추궁했다.

"아, 죄송합니다."

상두는 그렇게 말하고 또다시 멍하니 서류를 정리했다. 코르테스는 고개를 절레 흔들었다.

카이데아스가 완전 소멸하고 난 뒤 상두는 멍하니 있는 시간이 많아졌다.

코르테스는 그런 상두가 답답했다.

아직까지 해결해야 하는 일들이 산적해 있건만 대표라는 자는 이렇게 정신이 팔려 있으니…….

"일단 오늘은 여기까지만 진행하지. 오늘은 좀 쉬는 게 좋겠어, 위원장."

더 이상의 근무는 상두에게 오히려 독이 될 것 같아 코르테스는 여기서 일을 접었다. 상두는 기다렸다는 듯이 고개를 끄덕였다.

상두 역시 지금은 휴식이 필요한 것 같았다.

"나는 이만 가보겠네."

코르테스는 혀를 끌끌 차며 위원장실을 빠져나갔다. 그의 눈에 상두가 무척이나 답답했던 것 같았다.

코르테스가 나가자 상두는 한숨을 내쉬었다.

"후우……."

그는 속주머니를 만지작거렸다. 그러더니 무언가를 꺼냈다. 그것은 코르테스가 전해준 반짝이는 결정이었다.

"차원이동이 가능하단… 말이지……."

상두는 고민이 되었다.

이것만 있으면 언제든지 떠날 수 있다는 말이다. 하지만 지금 돌아간다고 하면 누구도 허락하지 않을 것이다.

특히 코르테스는 노발대발하며 난동을 부릴 것이다.

코르테스는 어떻게든 상두를 잡아두기 위해 혈안이 되어 있는 사람이기에 절대로 허락하지 않을 것이다.

그렇다고 아무도 모르게 돌아간다고 하면 그것도 또 문제였다.

이곳에 엄청난 굉장한 혼란이 일어날 것이다.

아무리 떠나면 이곳의 상황을 모른다고는 하지만 영 찝찝한 마음을 놓을 수 없을 것이다. 평생을 마음의 짐처럼 짊어지고 살아갈 게 분명했다.

상두는 자리에서 일어났다.

일과도 모두 마쳤으니 이제 자신의 거처로 돌아가서 쉬고 싶었다.

머리도 너무 아파왔고, 어깨, 허리… 안 결린 곳이 없었다.

거처로 향하는 동안 많은 사람들이 상두를 알아보고 인사해왔다.

하지만 상두는 그들의 인사를 의례적으로 화답하며 걸어나갔고, 사람들은 그런 상두의 모습을 의아하게 여겼다.

상두는 거처로 돌아왔다.

황궁에서 지내기를 모두들 원했지만 상두는 황궁 밖의 검소한 건물에 지내고 있었다.

황궁에서 살면 권력의 욕심이 느껴질 것만 같았기 때문이다.

"후우……."

상두는 한숨을 내쉬고 문을 열고 안으로 들어갔다.

하지만 들어가자마자 누군가가 있다는 사시을 확인하고 인상을 찌푸렸다.

"이제 와요?"

아르페지오였다.

"아, 아르페지오… 무슨 일이야?"

상두는 퉁명스럽게 대답했다. 오늘 같은 날은 혼자 있고 싶었기 때문이다.

"잊었어요? 오늘 당신에게 맛있는 음식을 해주기로 한 날이잖아요."

그녀의 말에 상두는 의례적으로 고개를 끄덕였다. 그러고 보니 오늘은 그의 생일이었던 것이다.

"그랬지… 그랬어……."

상두는 외투를 아무렇게나 벗어던지고 소파에 앉았다.

마음이 콩밭에 가 있으니 정신적으로 너무도 힘들었다. 조금이라도 쉬어야 할 것 같았다.

"식사하세요."

아르페지오가 상두를 불렀다. 상두는 힘든 몸을 일으켜 식탁으로 향했다.

진수성찬이었다.

아르페지오는 아주 작정을 하고 음식을 차린 것이다.

상다리가 부러질 정도 차려진 맛있는 음식들이 상두의 식욕을 자극만도 했지만, 상두는 포크로 샐러드의 잎을 모두 샐 정도로 깨작깨작 먹었다.

아르페지오의 성의를 봐서 상두는 꾸역꾸역 음식을 밀어넣고는 있었지만 무언가를 그리 먹고 싶은 때는 아니었다.

"카논……."

아르페지오가 상두를 불렀다.

"응?"

"요즘 왜 그래요?"

그녀가 물었다. 하지만 상두는 의아하다는 반응이었다.

"무슨 말이야."

"마음이 다른 곳에 있는 사람 같아요."

"아… 내가 그랬나? 음식 맛있다."

상두는 말을 돌렸다.

이런 주제로 아르페지오와 대화하고 싶지 않은 것이었다. 하지만 그녀는 상두에게 속아 넘어가지 않는다.

"도대체 무슨 생각을 하고 사는 거예요?"

"음식 맛있다니까."

"카논……! 제발……."

아르페지오의 말에 상두는 웃음을 보였다. 하지만 우러나온 웃음이 아닌 이 상황을 벗어나고 싶은 웃음일 뿐이었다.

"아무것도 아니야. 정신적으로 많이 힘든 거 같아."

"그러니까 왜 그렇게 정신적으로 힘드냔 말이에요."

그녀는 집요했다. 계속해서 상두를 캐물었다.

"아무것도 아니라니까."

상두는 슬슬 화가 나기 시작했다. 정신적으로 힘드니 감정의 기복이 심해진 것이다.

하지만 그래도 아르페지오는 캐묻는 걸 멈추려 하지 않았다.

"아무것도 아닌 사람이 그렇게 그래요? 빨리 말해 봐요."

"아, 진짜!"

상두는 화를 내고 벌떡 일어났다.

그러자 아르페지오가 울기 시작했다. 상두는 화가 났었지만 그녀가 울음을 보이자 화가 수그러졌다.

"미안… 미안해……."

"도대체 왜 그래요… 요즘 카논 무섭단 말이에요……."

그녀의 말에 상두는 한숨을 내쉬었다.

"떠나고 싶어."

그의 말에 그녀는 잠시 움찔했다.

"떠나다니요?"

"그쪽 세상으로 말이야."

그녀의 눈가가 떨리고 말았다.

"안 돼요."

"그럴 줄 알았어. 그래서 말하지 않았던 거야."

상두의 한숨과도 같은 말에 아르페지오의 잠시 눈동자가 흔들렸다. 하지만 이내 자리에서 일어났다.

"이제 가봐야겠어요."

상두는 고개를 끄덕였다. 그녀는 상두의 거처에서 기분이 상했는지 나가 버렸다.

*   *   *

다음 날 코르테스가 상두의 거처로 찾아왔다.

오늘은 위원회의 일이 쉬는 날인데도 상두를 찾아온 것이다.

특별한 일이 없으면 상두의 거처에 잘 들르지 않는 사람이었다.

아무래도 지난밤 아르페지오와 있었던 일을 들었던 것이 분명했다.

"오셨군요."

"이야기 들었네."

코르테스는 무엇이 급한지 단도직입적으로 말을 했다.

"무슨 말씀이신지."

상두는 더 이야기를 하면 골치가 아파지기에 말을 돌렸다. 하지만 코르테스는 아르페지오의 아버지이다. 그 역시 무척 이나 집요했다.

"다 알고 있네. 돌아가고 싶다는 말을 했다고?"

상두는 잠시 동안 침묵을 지켰다.

하지만 이렇게 침묵한다고 쉽게 물러날 인물이 아니라는 것을 잘 알고 있었다. 그렇기에 더 이상 숨기지 않고 고개를 끄덕였다.

"왜 그런 말을 한 것이지? 자네는 실언을 할 사람이 아니야. 무언가 이유가 있으니까 하는 말이겠지."

코르테스의 말에 상두는 입을 열었다.

"차원을 이동할 수 있는 방법이 생긴 것 같습니다."

그의 말에 코르테스는 눈을 크게 떴다.

물론 차원을 이동하는 방법은 있다. 마법사들의 희생 제물로 바쳐 차원에 균열을 생기게 하는 일종의 희생마법이다.

"그런 방법이야 있지. 설마 자네는 마법사들을 희생시키고 그쪽 세계로 돌아가려고 하는 것은 아니겠지?"

코르테스가 의아한 것도 그것이었다. 상두가 사람을 희생시키면서까지 자신의 욕망을 채울 그런 사람이었던가?

당연히 상두는 고개를 절레 흔들었다. 그가 그럴 리가 있겠는가.

"희생이 필요 없이 차원 이동이 가능한 방법을 말씀 드리는 것입니다."

"그것이 무엇인가."

상두는 품속에서 무언가를 꺼냈다.

그가 그것을 꺼내자 코르테스는 의아했다.

알 수 없는 반짝임을 빛내고 있지만 음험한 기운이 풍기기 때문이었다. 이것은 마계의 기운과 같았다.

"이것이 무엇인가?"

"카이데아스의 몸속에서 나온 결정입니다."

"카이데아스의 결정? 이것이 차원 이동을 가능하게 만드는 것인가?"

상두는 고개를 끄덕였다.

카이데아스가 저주를 내려 상두가 타 차원으로 이동했다는 사실은 익히 알고 있었다.

그렇기에 이 물건이 진정 카이데아스의 것이라면 분명 타 차원 이동이 가능할 수도 있다.

　하지만 코르테스는 고개를 갸웃거렸다. 상두는 카이데아스와의 마지막 결전에 대해서 함구하고 있었다. 그렇기에 이 결정을 얻은 경로를 알 수 없었다.

　"속 시원하게 그날에 있었던 일을 설명해 주지 않겠는가."

　코르테스의 말에 상두는 눈을 감았다. 한참을 그렇게 고민하던 상두는 입을 열었다.

　"카이데아스를 소멸시킨 것은 제가 아닙니다."

　그의 대답에 코르테스는 적잖게 놀랐다.

　"그럼 살아 있다는 말인가?"

　"아니요……. 아닙니다. 치열한 공방전 끝에 이성을 되찾는 그가 자진해서 소멸했습니다. 소멸하기 직전에 저에게 이 결정을 맡긴 거죠."

　그의 말을 듣고 있던 코르테스는 고개를 다시금 갸웃거렸다.

　"이것은 함정일 수도 있어. 그런데도 그의 말을 믿는다는 건가?"

　상두는 고개를 끄덕였다.

　"카이데아스는 마족의 왕을 넘어서 신이 된 자야. 마족은 속임수에 능하지. 그런데 그런 자의 말을 믿는단 말인가? 마족의 신이 되어버린 남자의 말을?"

코르테스의 말에 상두는 다시금 고개를 끄덕인다.

"순진한 건가, 멍청한 건가."

"믿음이 강하다고 생각해 주십시오."

"그렇다면 떠날 것인가?"

"네."

코르테스는 상두의 눈빛을 바라보았다. 고집을 꺾을 것 같은 분위기가 아니었다.

"안 되네."

하지만 코르테스는 그의 의지를 꺾어야만 했다. 상두는 지금의 혼란스러운 세계에 꼭 필요한 사람이 아닌가.

"저는 코르테스 공의 의견을 묻는 것이 아닙니다. 통보하는 것이죠."

"정말 이렇게 나올 텐가. 자네는 이 시기에 가장 필요한 사람이야. 자네가 떠나고 나서 혼란은 어떻게 하란 말인가."

"코른 협의체의 능력이 그것뿐입니까?"

상두가 물었다. 코르테스는 한참 동안 말이 없었다.

상두의 말은 그의 가슴을 찔렀다. 상두가 없어서 혼란스러워 진다는 것은 그만큼 협의체의 능력이 별 볼일 없다는 말이된다.

본인 스스로 자신이 만든 단체를 폄하한 것이 되었다. 코른 협의체는 그렇게 약한 단체가 아니다.

"저는 어차피 시대의 상징일 뿐입니다. 상징은 존재하든 안 하든 그대로입니다. 역사 속에 남아야 하는 존재일 뿐이죠."

"하지만……."

"저 없이도 협의체는 잘될 겁니다. 마족의 시대에도 그들에게 굴복하지 않고 살아남은 자들입니다. 그 얼마나 능력이 뛰어난 사람들이란 말입니까."

"하지만……."

코르테스는 말을 이을 수가 없다. 너무도 그는 상두에게 기댔던 것이다. 그런 상두가 사라진다니 걱정이 앞선 것이 사실이었다.

"그리고 코르테스님도 잘해내실 겁니다. 저의 뒤를 이어주십시오. 처음부터 이렇게 했었어야 했습니다. 원래 영웅은 멋지게 퇴장해야 되는 거 아닙니까? 그 기회를 코르테스님께서 빼앗았어요."

상두는 그렇게 말하고 히죽 웃는다. 그의 웃음에 코르테스의 눈에는 눈물이 맺혔다.

"정말로 떠나겠다는 말이로군……."

"네……."

상두는 굳건히 대답했다. 역시나 자신의 생각을 꺾을 생각이 없었던 것이다.

"아르페지오에게는 무어라고 해야 하나."

"말씀하시지 마십시오. 절대로……."

"그럼 언제 떠날 텐가?"

"아침에 동이 트면 그때 바로 실험해 볼 생각입니다."

코르테스는 고개를 끄덕였다.

"그것이 자네의 선택이라면 기꺼이……."

"피곤하군요. 내일 차원을 이동하는 여행을 떠나려면 조금 쉬어야겠습니다."

코르테스는 고개를 끄덕이며 자리에서 일어났다.

그는 아무런 말이 없었다. 그저 상두를 물끄러미 바라보더니 돌아갔다.

*   *   *

상두는 카이난 성을 빠져나와 한적한 들판으로 향했다.

동이 트긴 했지만 아직 햇빛이 보이지 않아 회색빛의 공간에 상두는 숨을 크게 들이마셨다. 그러고는 주변의 풍광을 그는 눈에 새겼다.

"이제 다시는 볼 수 없을 테니 기억해 둬야겠지."

그는 웃음을 보이며 기지개를 켰다.

"시작해볼까?"

그는 품속에서 카이데아스의 결정을 꺼냈다.

"정말 이뤄질까?"

사실 확률은 반반이다. 이 결정을 사용해서 목숨을 잃지 않으면 다행일 것이다.

마지막 남긴 카이데아스의 복수극일 수도 있는 것이다. 하지만 상두는 믿기로 했다.

카이데아스는 마지막에 강하게 염원하면 이뤄질 것이라고 했다.

그는 결정을 잡고 눈을 감고 강하게 염원했다.

그리웠다.

그곳의 문명들이 그리웠고, 부모가 그리웠다. 그리고 그곳에서 관계했던 많은 사람들이 생각이 났다.

다시 돌아간다면 간과했던 모든 만남들을 이제 소중히 여길 것이라고 다짐했다.

반응이 있었다. 결정에서 빛이 환하게 뿜어져 나왔다. 은은한 붉은색이었다.

"더 염원하는 거야……."

상두는 눈을 감고 다시 염원했다.

그러자 그의 앞에 공간이 조금씩 일그러지는 것을 느낄 수가 있었다!

"카논!"

그때 그의 뒤에서 그를 부르는 목소리가 들려왔다.

"아르페지오……."

아르페지오였다.

"어떻게 여길……."

"아버지에게 들었어요."

"코르테스 공이……."

상두는 인상을 찌푸렸다. 그렇게 아르페지오에게 알리지 말라고 했건만…….

"나도 같이 가요."

그녀는 다짜고짜 상두에게 떼를 썼다. 하지만 상두는 고개를 가로저었다.

"당신은 이곳에서 할 것이 많아……. 나를 따라와서는 안 돼."

"난 당신과 함께할 거예요!"

"정말이야?"

그녀는 고개를 끄덕였다.

"이리 와……."

상두는 그녀를 안아주었다. 그녀는 상두를 올려다보았다.

"같이 가는 거……!"

그녀의 목덜미로 상두의 수도가 날아왔다.

"죠……."

그렇게 그녀는 정신을 잃었다.

"아이고, 미안하네, 카논……."

어느 사이엔가 나타난 코르테스. 그는 머리를 긁적였다.

"딸아이가 너무 조르는 바람에……."

"뭐 고집이 센 사람이니까요."

"정말 떠날 텐가?"

그의 물음에 상두는 웃음을 보이며 고개를 끄덕인다.

"그래, 잘 가게……."

코르테스는 아르페지오를 등에 들쳐 업고는 자리를 피해 주었다.

그들의 모습이 사라지자 상두는 다시금 염원하기 시작했다.

그러기를 수여 분이 지나자 그의 앞에 공간이 일그러지기 시작했다.

또다시 수여 분이 지났을 때 공간은 이제 사람 하나 들어갈 수 있을 정도로 넓어졌다.

"드디어……."

상두는 그 안으로 몸을 밀어 넣었다. 어떠한 차원으로 가게 되도 그의 선택이다. 하지만 꼭… 그쪽 세계…….

이 육체의 주인 상두의 세계로 돌아가길 바란다.

그렇게 상두는 염원했다.

CHAPTER **08**
돌아오다? (1)

아침햇살이 눈부시다.

언제나 이렇게 나른한 햇살은 이대로 즐기고 싶어진다.

익숙한 향기가 코를 찌른다. 라면이 끓는 냄새였다.

이런 날에는 나른하게 더 잠을 자고 싶다.

휴일은 아침은 언제나 평소보다 늦다.

감은 눈에 들어오는 햇살의 농도로 보아 정오로 향해가는
오전쯤 된 것 같았다.

"으음……."

상두는 눈을 떴다.

"응?"

그는 주변을 둘러보았다.

"응?"

아직 잠이 덜 깬 눈으로 다시금 사방을 다시 살폈다.

한 사람이 눕기에 딱 맞은 좁은 방의 벽에는 습기 때문에 곰팡이가 여기저기 퍼져 있었다.

장농이 들어올 공간이 없어 놓아둔 비키니장이 서 있었고, 좌식 컴퓨터 책상 위에 놓인 전원도 켜지지 않는 아주 낡은 컴퓨터의 본체도 보였다.

그의 눈에 아련함이 깃들었다.

"꿈인가……?"

너무도 생생한 꿈을 꾸었다. 너무도 생생해서 현실로밖에 느껴지지 않는 그런…….

슬픈 일들도 겪었고, 또 즐거운 일도 겪었고 모험도 겪었다.

나쁘지 않은 박진감 넘치는 꿈이었다.

사실 그런 일들이 실제로 일어날 수 있겠는가.

인공위성을 하늘로 쏘아 올리고 컴퓨터로 세계의 여러 사람들과도 소통이 가능한 이때에 말이다.

"거참 이상한 꿈이네."

그렇게 꿈이라고 단정 지었다.

그렇게…….

상두는 자리에서 일어나 밖으로 나갔다.

"흐음……!"

한숨 좋게 자고 일어난 것처럼 개운하고 기분이 좋아 기지
개를 켰다.

"흐읍……!"

대청마루에서 숨을 크게 들이마셨다.

단전 깊숙한 곳까지 공기가 닿을 듯한 큰 호흡이었다.

달동네의 역한 냄새 공기가 그다지 좋지는 않았지만, 이윽
고 코를 찌르는 라면 냄새에 그의 입에 침이 고인다.

"일어났니?"

익숙한 목소리에 상두의 눈동자가 떨려왔다.

"어, 엄마……?"

그의 목소리도 떨려온다.

라면이 담긴 냄비가 놓인 상을 들고 오는 어머니의 모습에
상두의 눈시울이 붉어졌다.

"엄마!!"

그는 어머니를 향해 달려들었다. 그리고 그녀를 부둥켜안
고 눈물을 흘렸다.

분명 어제 보았을 텐데 한참 동안을 뵈지 못한 느낌이었다.
그저 꿈이었을 텐데 그간 어머니가 너무도 그리웠다.

"얘가 오전부터 왜 이러니……. 어제 아프다고 해서 엄마 일도 못 나가게 해놓고……."

그녀는 상두의 어깨를 토닥여 주었다. 상두는 눈을 닦고 어머니를 바라보았다.

"꿈을 꾸었어요. 아주 긴 꿈이었어요."

"그래 알았어. 밥 먹자."

어머니의 말에 상두는 고개를 끄덕이고 밥상에 앉았다.

라면과 김치.

그리 풍족하지 않은 아침 겸 점심을 상두는 아주 맛있게 먹었다.

오랜만에 먹는 맛이었다.

너무도 꿀맛 같은 맛이었다.

그렇게 맛있게 먹고 어머니는 일을 나가셨다. 아무래도 생계가 어렵다 보니 어쩔 수 없었다.

"약 꼭 챙겨 먹고. 어디 나돌아 다니지 마라."

어머니의 말에 상두는 고개를 끄덕였다.

아들이 걱정되었는지 어머니는 당부의 눈빛을 보이며 일을 나섰다.

"꿈… 인가……."

상두는 턱을 괴고 대청마루에 앉아 어머니가 가꾸신 정원을 바라보며 상두는 의아했다.

분명히 현실 같은 꿈이었다.

그가 수학여행을 가서 죽임을 당할 때 카논의 영혼이 들어왔다.

그리고 여러 가지 사건 끝에 이상만이라는 자의 후계가 되었다.

그러던 중 카논의 세계가 위험해 그곳으로 돌아가 도움을 준 후에 다시 돌아오려 공간이 일그러진 게이트에 몸을 실으며 꿈은 끝이 났다.

만약 꿈이 아니고 실제라면 이성만의 후계가 되었을 때로 돌아오는 것이 이치에 맞았다.

하지만 그는 지금 고등학생 박상두일 뿐이었다.

"도대체가……?"

상두는 자리에서 일어나 마당으로 나갔다. 그리고 바닥에 널브러진 돌멩이 하나를 주웠다.

"에이 설마 되겠어?"

만약 그 모든 것이 꿈이 아니라면 이것은 부서지리라.

상두는 돌멩이를 잡은 손에 힘을 주었다.

"아니!!"

정말로 부서졌다.

부서진 정도가 아니라 가루가 되었다!

"꿈이 아닌가……!"

그는 아직 멍한 정신을 다잡았다.

꿈이 아니었다.

꿈이라고 생각했던 그 모든 것이 사실처럼 생생하다.

게다가 카논이었을 때의 기억도 모두 가지고 있었고, 상두
였을 때의 기억도 모두 가지고 있었다.

"크윽……!"

갑자기 머리가 아파왔다. 그리고 코피가 쏟아졌다.

기억이 혼재되면서 겪는 통증이었다. 상두의 뇌세포가 재
편된 것이다.

그는 코피를 닦고 정신을 차렸다.

"어쨌든 다시 돌아온 거군……."

그는 히죽 웃음을 보였다.

박상두가 다시 돌아왔다.

다음 날 상두는 학교를 향했다.

그의 발걸음은 성큼성큼 나아갔다.

학교생활에 친구를 많이 사귀지 못했던 것이 그는 후회가
되었다.

이번만큼은 친구들을 많이 만들리라 다짐했다.

그는 학교로 향하면서 생각을 정리했다.

지금 그가 다시 돌아온 시점은 수학여행을 떠나기 이전의

시점이었다.

그렇다는 것은 차원을 이동하면서 시공간을 이동했다는 것이었다.

뿐만이 아니라 정신이 또다시 이 시대의 상두에게 전이된 것.

그렇다면 죽지도 않은 상태에서의 상두의 영혼은 도대체 어디로 간 것일까.

모든 상황이 제대로 이해가 되지 않는 상황이었지만, 이 육체의 주인인 '상두'에게 미안해지는 카논이었다.

학교에 도착한 상두.

아슬아슬하게 지각에 세이프했다.

상두는 즐거운 마음으로 교실로 들어갔다. 발걸음이 가볍고 기분은 상쾌했다.

"모두들 헬로우!!"

그는 교실의 문을 열고 즐겁게 인사했다.

오랜만에 보는 학우들이었다. 너무도 반갑기 그지없었다. 하지만 반응은 싸늘했다.

'아, 이때 나는 왕따였지…….'

상두는 머리를 긁적였다.

'내가 너무 흥분했구나. 후훗…….'

그는 그렇게 자신의 자리로 향해 나아갔다. 자리에 앉은 상두는 옆자리의 수민을 보고 움찔했다.

가슴 한편이 아려왔다.

어찌 되었든 상두와 연관이 되어 수민의 아버지가 죽었다. 그로 인해 그녀가 변해 갔던 기억이 떠올랐다.

아직 벌어지지 않은 미래의 일이었다. 어쩌면 일어나지 않을 수도 있는 일이었다.

하지만 미안한 것은 어쩔 수가 없었다.

"아, 안녕?"

상두는 수민에게 인사를 건넸다.

그녀는 잠시간 머뭇거리더니 상두를 빤히 쳐다보았다.

그녀의 커다란 안경 너머로 눈동자가 흔들리는 것을 발견할 수가 있었다.

아직 한 번도 두 사람은 인사를 나눈 적이 없었다.

상두도 왕따였고, 그녀도 왕따이기 때문이다.

두 사람이 엮이면 분명 더 많은 괴롭힘이 있을 것임을 잘 알고 있는 두 사람은 짝이면서도 말을 나누지 않았었다.

"이거 바퀴벌레끼리 무슨 모의를 하는 거냐?"

김동준이었다.

수학여행 때 상두를 밀어버린 김동준.

하지만 후에 개과천선한 인물이기도 했다. 하지만 지금은 일진 패거리 그 이상 그 이하도 아니었다.

덕분에 오늘 또 상두를 괴롭히기 위해 다가온 것이다.

"야, 아침 조회도 아직 시작 안했는데 편의점에서 빵이나 좀 사와라?"

김동준의 말에 상두는 콧방귀를 뀌었다.

그는 이제 왕따 상두가 아니다. 대륙의 영웅이 되었던 카논의 영혼이 깃든 상두였다.

"빵 정도는 네가 사와도 되지 않겠어? 게다가 조회까지 오분 정도 남았다. 편의점까지 다녀올 시간이 안 되는데?"

"이 새끼가 미쳤나? 내가 사오라면 사오는 거지 무슨 말이 많아!"

김동준은 상두의 따귀를 내려치려 손을 들었다.

하지만 상두는 동준의 손목을 잡았다.

"귀엽게 노는구나."

상두는 김동준을 보고 피식 웃음을 보였다. 김동준은 놀란 듯 눈을 크게 떴다.

"폭력을 사용하면 네가 강해 보이지?"

상두는 무섭게 그를 노려보며 읊조렸다. 그리고 그의 손목을 잡은 손에 힘을 실었다.

"크윽……! 뭐, 뭐야……!"

동준의 손목을 잡은 상두의 악력은 상당했다. 팔을 빼보려 애를 써도 꿈쩍도 하지 않았다.

사실 상두는 아주 조금의 힘만 준 것이다. 제대로 힘을 주면 팔이 부서지다 못해 가루가 될 것이다.

상두는 지금 그런 힘을 지니고 있었다.

"폭력은 한심한 작자들이나 사용하는 거다. 힘이란 폭력에 사용하는 것이 아니라 불의를 볼 때 사용하는 거야, 이 바보야."

상두는 동준을 밀쳤다. 살짝 힘을 주었을 뿐인데 김동준은 그대로 쓰러진다.

"이 새끼가 미쳤나!!"

김동준은 벌떡 일어나 상두에게 달려들려 했다.

"이게 무슨 소란이야?"

아침 조회를 위해 들어온 담임 선생으로 인해 두 사람의 다툼은 막을 내렸다.

상두는 몸을 탁탁 털고 자리에 앉았다. 그리고 수민을 보고 히죽 웃음을 보였다.

수민은 그런 상두를 물끄러미 바라볼 뿐이었다.

'역시나 힘 조절을 잘해야겠어.'

상두는 마음속으로 그렇게 다짐했다. 하지만 이미 그 힘을 조절하는 방법을 경험한 적이 있다. 걱정할 것은 아니었다.

오랜만에 듣는 수업은 귀에 쏙쏙 들어왔다.

이미 한 번 다 배운 것들이라 이해도 더 빨랐다.

수능을 위해 벼락치기에 가깝게 했던 것이 이제야 이해가
된 것이다.

덕분에 수업시간은 무척이나 재미있게 보낼 수 있었다.

수업이 진행되는 내내 김동준은 상두를 노려보았다.

쉬는 시간에도 상두에게 섣불리 다가서지는 못하고 노려
만 볼 뿐이었다.

상두는 강했다.

김동준은 본능적으로 느꼈다.

하룻밤 사이에 무슨 일이 있었던 것인지 원래부터 강했는
데 그 힘을 숨겼는지 알 수 없는 노릇이었다.

분명한 것은 상두를 다시 괴롭혔다가는 크게 당한다는 것
이다.

수업을 마친 상두는 어머니에게로 향했다.

야자시간을 마친 지금도 어머니는 일을 마치지 않고 있었
다.

인동 지역이 공단에서 일하는 사람들이 많다 보니 밤늦게
까지 어머니는 장사를 하는 것이었다.

"뭐하러 왔어?"

어머니는 상두를 발견하고 그렇게 타박했다.

아들은 공부만 시키고 자신의 생업에는 절대 접근도 못하

게 하는 그녀였다.

하지만 상두는 배시시 웃고는 어머니의 장사를 도왔다.

그렇게 한 시간가량을 하고 난 뒤 어머니는 마칠 준비를 했다.

상두는 그렇게 어머니의 뒷정리를 도왔다. 아니, 전부를 그가 했다.

어머니는 의아한 듯 상두를 바라보았다. 휴일에도 귀찮다고 돕지 않던 아들이 갑자기 이러니 이상했다.

리어카를 항상 두던 장소에 보관하고는 집으로는 향했다.

한참을 걸어야 했다.

이 시간에는 버스가 없으니 당연한 선택이었다. 택시를 타기에는 하루 벌어 하루 먹고사는 상두 어머니에게는 부담스러웠다.

"엄마, 업혀요."

상두는 그녀에게 등을 내밀었다. 하지만 어머니는 상두의 등을 탁하고 쳤다.

"애가 오늘 왜 이러니. 괜찮아, 매일 걷는 길인데 왜 그러니."

"에이, 엄마 걸음으로는 두 시간은 걸리잖아요. 내가 엄마를 업으면 한 시간 정도 걸릴 거예요."

어머니는 쭈뼛거리며 그의 등에 업혔다.

"우리 아들 등이 많이 넓어졌구나."

어머니의 읊조림에 상두는 뭉클했다. 이제야 돌아왔다는 것이 실감되는 순간이었다.

'이제 돌아왔다. 이렇게 인생을 다시 시작한다는 것은 누구에게도 주어지는 기회가 아니다. 이 기회를 정말로 나는 잘 살릴 것이다. 정말로······.'

상두는 그렇게 다짐하고 힘차게 한 걸음 한 걸음을 내딛었다.

*　　　*　　　*

"또 일 등이냐?"

벽보에 붙은 성적표를 바라보며 김동준은 고개를 가로저었다.

이번에도 1등을 차지한 것은 다름 아닌 상두였다.

요즘 들어 상두는 시험만 보면 1등이었다.

"너 무슨 약 같은 거 하는 거 아니야?"

김동준의 말에 상두는 인상을 찌푸리곤 동준을 바라보며 읊조렸다.

"내가 넌 줄 아냐?"

"야! 난 약 같은 건 안 해!!"

"누가 한댔냐?"

두 사람은 티격태격했다.

김동준은 일전에 상두에게 크게 당한 이후로 상두와 친해졌다.

개과천선을 하고 상두에게 무엇이든 배우려고 한 것이다.

그날 이후 이상하리만큼 동준에게 상두는 친구라기보다는 형처럼 느껴졌기 때문이다.

김동준과의 관계처럼 상두의 학교생활은 순탄했다.

일단 성격이 많이 달라졌다.

언제나 음울하던 것과는 다르게 많이 밝아졌고, 또 진취적이 되었다.

물론 그것은 카논이 들어가기 이전의 상두의 성격이었다. 카논의 성격으로 아이들을 대하니 평판이 좋아진 것이다.

이제 상두는 더 이상 왕따가 아니었다.

게다가 성적도 쑥쑥 올랐다.

어차피 모든 것을 한 번씩 다 배운 것이었다.

다시 확인하는 것이다 보니 남들보다 이해속도가 빠른 것이었다. 선행수업을 한 효과였다.

덕분에 이제 반 등수가 아닌 전교 등수에서 노는 그런 학생이 되었다.

그로 인해 교우 관계뿐만이 아니라 선생님들 사이에도 평판이 좋아졌다.

상두는 그렇게 학교생활을 즐겼다.

그리고 상두가 가장 노력한 분야가 바로 일진의 청소였다.

학교에 일진이라는 것이 존재하다 보니 학교생활이 너무 힘든 학생들이 많았다.

상두 역시도 그 괴롭힘에 당해 왔었다.

뉴스에도 그것으로 인해 자살하는 아이들의 이야기도 종종 들려왔다. 가만히 두고만 볼 것이 아니었다.

그것이 '옛' 상두에 대한 예의라고 그는 생각했다.

일단 김동준 패거리부터 정리했고, 차츰 다른 반으로 또다시 다른 학년으로 일진을 모두 제압했다.

그와 더불어 지역의 불량서클들도 하나씩 접수해 나갔다.

그들과 연결된 조폭들도 상두를 위협했지만 그것에 굴할 상두가 아니었다.

몇몇의 조직도 완전히 초토화시켜서 상두는 인근 지역 공포의 대상이 되었다.

그렇게 학교 주변은 학교폭력의 청정지역이 되어가고 있었다.

"자, 오늘은 새로운 학생이 전학을 왔다."

조회 시간.

담임은 새로운 학생을 소개했다.

오랜만의 전학생이었다.

구미가 공단도시다 보니 새로운 인구의 유입이 많았다.

모두의 시선이 전학생이 있는 교탁으로 향했다.

전학생은 굉장히 키도 크고 미남이었다.

외모에서 풍기는 것이 굉장히 이국적이었다.

이국적인 핸섬 보이.

여자아이들의 관심을 사기에 충분한 느낌이었다.

여자아이들의 시선이 느껴지는지 전학생은 여자아이들을 바라보며 눈웃음을 쳤다.

남자아이들은 그런 전학생을 시샘 어린 눈빛으로 바라보았다.

"자기소개 하도록."

"아, 네."

한눈을 팔던 전학생은 머리를 긁적이고 고개 숙여 인사했다.

"내 이름은 김대희. 미국에서 전학을 왔으니까 잘 부탁해."

목소리도 꽤나 부드러워 여자아이들의 환호성이 들려왔다.

"조용히 해, 조용히. 그래, 저 자리가 비었구나. 저기가 네

자리다."

담임의 안내에 대희는 담임에게 묵례하고 자리에 앉았다.

상두는 그를 유심히 바라보았다.

얼굴 생김새가 어디서 많이 본 느낌이었다. 게다가 알 수 없는 묘한 기운이 흘러나오기도 했기 때문이다.

'흠……'

이 묘한 느낌은 대륙에서 느낀 그런 느낌이었다. 하지만 신경 쓰지 않기로 했다.

대륙에서 이곳을 차원이동하는 것은 마법사 백여 명의 희생이 필요한 희생주문이 있어야 가능하다.

그런 희생을 치르고까지 이곳으로 올 사람은 없었다.

게다가 최근까지 이곳에서 이계인으로 느껴지는 기운은 없었다.

이것은 그저 상두가 예민하기 때문일지도 몰랐다.

쉬는 시간이 되자 학생들이 대희에게 몰려갔다.

특히 여학생들이 많았다. 남학생들은 시샘 어린 눈초리로 볼 뿐이었다.

"미국 어디서 왔어?"

"부모님들은 어디에 계셔?"

여자아이들은 그를 둘러싸고 이것저것 귀찮을 정도로 물어보았다.

하지만 대회는 친절하게 아이들의 말에 잘 대답해 주었다.

역시나 외국에서 온 미소년은 여학생들의 관심을 끌기에 충분한 것이었다.

귀찮을 텐데도 그는 계속해서 매너를 잊지 않고 아이들을 대했다.

"보나마나 샌님이다."

김동준이 다가왔다.

"누가?"

"저 자식 말이야."

김동준은 턱으로 김대회를 가리키며 인상을 찌푸렸다.

사실 분위기를 반전해 훈남이 되어버린 상두와 잘사는 집 아이 김동준의 조합은 여자아이들의 관심을 끌기에 부족함이 없었다.

덕분에 꽤나 인기가 있었던 것이 사실이었다.

그런데 그런 팬들이 새로운 전학생에게 몰리기 시작했다. 김동준에게는 기분이 상하는 상황일 수 있었다.

"질투하냐?"

상두의 핵심을 찌르는 질문에 김동준은 굉장히 과장된 행동으로 손사래를 쳤다.

"무슨 소리야. 나야 나, 김동준이라고."

상두는 그의 대답에 콧방귀를 뀌었다. 상두는 여자아이들의 관심은 그렇게 관심이 없었다.

　체육시간 한바탕 풋살이 벌어졌다.

　상두의 반의 남자아이들이 두 팀으로 나뉘었다.

　상두를 주축으로 한 팀과 대희를 주축으로 하는 팀이 맞붙고 있었다.

　스코어는 2:2.

　후반으로 치닫는 경기는 거칠어져 갔다.

　그맘때의 남자아이들은 혈기왕성해서 이런 것에도 쉽게 흥분하고 또 집중한다.

　김동준이 운동장 바닥에 너부러졌다.

　동준을 밀어낸 것은 대희였다.

　바닥에 볼썽사납게 무너진 동준은 짜증이 나서 벌떡 일어나 심판을 보고 있는 체육선생에게 달려갔다.

　"이거 반칙 아니에요?!"

　하지만 체육 선생은 반칙을 선언하지 않았다. 경기는 그렇게 속행되었다.

　이번에는 상두가 그를 막기 위해 달려들었다. 하지만 밀리지 않았다.

　'이놈 봐라?

　상두는 거친 몸싸움으로 달려드는 대희에게 약간 놀란 것 같았다.

상두가 고등학생이 낼 수 있는 힘 이상으로 힘을 주고 있는데도 대희는 버티고 있었다.

축구에 익숙한 선수 이상의 힘을 내도 대희는 버티고 있었다.

그렇게 그와 몸싸움 삼매경에 빠진 상두와는 달리 김대희는 갑자기 힘을 빼고 발재간을 부렸다.

"이런!"

덕분에 상두는 중심을 잃고 넘어졌다. 너무 힘을 쓰는 데에만 신경을 쓰고 있었던 것이다!

"와아아아!!"

김대희가 골을 넣었다.

이것은 결승골!

3:2로 상두의 팀이 지고 말았다.

전학생의 활약은 대단했다.

운동신경이 발군이었다.

김동준은 그저 나가떨어졌고, 상두와 몸싸움에도 밀리지 않았다.

물론 상두는 인간의 능력을 초월한 힘은 보이지 않았다.

그렇다고 하더라도 상두는 꽤나 강한 축에 속할 것이었다.

어쨌거나 대희의 활약으로 상두의 팀이 지고 말았다.

운동만 잘하는 것이 아니었다.

미국에서 살다 왔으니 영어는 물론이거니와 공부도 꽤나 잘했다.

미국은 초등교육의 학업 능력이 한국보다 떨어지는 것이 사실이다.

그런데도 꽤나 잘 따르고 있었다. 머리가 꽤나 좋아 금방금방 따라가고 있었다.

'저놈 봐라……'

이렇다 보니 상두는 대희를 무시할 수가 없었다.

상두는 그를 예의주시했다.

아무래도 그 역시 전학생 김대희에게 라이벌 의식을 느끼는 것 같았다.

오랜만에 상대할 만한 적이 등장한 그런 느낌이었다.

축구를 마치고 수업을 계속 진행하는 내내 상두는 그를 의식하는 듯 힐끗 쳐다보았다.

시간은 흘러 오늘도 야자를 무사히 마쳤다.

야자라고는 하지만 아이들과 잡담하는 시간이 더 많았다.

이럴 거면 이것을 왜 돈을 쥐가면서 하는지 모르겠다는 생각이 드는 것도 사실이었다.

하지만 사실 아이들이 이 시간에 가장 많이 친해지기에 야자를 빠지면 교우관계에 문제가 생길지도 모른다.

상두 역시 아이들과 쓸데없는 이야기들을 주고받으며 야자시간을 즐겼다.

학생의 본분은 공부이기는 하지만 이렇게 교유관계를 쌓아가는 것 역시 중요했다.

상두는 그렇게 잃었던 교우관계에 대한 부분을 채워 나갔다.

모든 수업을 마친 후 상두는 가방을 둘러메고 교문 밖을 나섰다.

아이들은 모두 부모들이 몰고 온 자동차에 몸을 실었다.

하지만 상두는 아버지가 계시지 않고, 어머니도 일하는 중이라 혼자서 걸어가야 했다.

막차를 놓치면 그의 걸음으로 한 시간가량을 걸어야 한다.

그때 저 멀리 걸어가는 김대희의 모습을 발견할 수가 있었다.

그는 학교 근처 고층 아파트에 이사를 왔다.

집으로 돌아가는 길은 꽤나 으쓱해서 혼자 다니기에는 조금 부담스러운 것도 사실이었다.

"흠……."

상두는 이상하게 대희의 뒤를 미행하고 싶어졌다.

대희의 뒤를 따르다보면 분명히 막차를 놓칠 것임에 틀림이 없었다.

하지만 상두는 호기심이 동해 몸을 움직였다.

그렇게 미행하던 상두는 걸음을 멈추었다.

'저 자식들이……!'

불량배에게 둘러싸인 대희를 발견한 것이다.

한동안 모의고사를 준비한다고 상두가 주변 정리를 소홀이 한 틈에 또다시 불량배가 설치기 시작한 것이다.

"내가 나서야 되나 또……."

상두가 나서서 또 정리를 해야 할 것 같았다.

아무래도 요즘 신경 쓰이는 김대희에게 자신의 강함을 알려주기 위해서였다.

하지만 상두의 발걸음이 멈췄다.

"아니……!"

불량배들이 순식간에 쓰러졌다.

찰나 동안 잠시 한눈을 판 사이였다.

그의 눈에 남아 있는 불량배들에게 찍혀 있는 권격의 흔적은 정확하게 급소만 노리고 있었던 것이다.

팔다리가 부러진 놈들도 있었다.

무술을 배운 사람들이라면 이렇게 할 수도 있었다.

하지만 아무리 무술로 통해 강력한 힘을 얻었다고 해도 단수여 초 만에 이 많은 사람들을 쓰러뜨릴 수는 없을 것이다.

"도대체가……?"

한마디로 인간의 힘이 아니었다. 지금 이 세상에 이런 힘을 지닌 자는 상두 정도뿐일 것이다.

"지켜만 보고 있지 말고 나오지그래?"

대희는 상두가 미행하고 있었던 것도 이미 느끼고 있었던 것이었다.

상두를 노려보는 대희의 몸에서 흐르는 기운은 범상치가 않았다.

이것은 이 세상 사람의 기운이 아니었다. 이질적이고 또 이질적인, 그런 기운인 것이다.

이 근처에서는 이렇게 강한 힘을 지닌 자를 느껴본 적도 없었다.

"너는 누구냐?"

상두의 인상이 잔뜩 굳어졌다.

"이계인이냐?"

그의 물음에 대희는 고개를 갸웃거렸다.

"이계인? 너 소설 쓰냐?"

황당한 반응이었다.

소설 속에서나 나올 그런 능력을 사용해 놓고서는 소설을 쓰냐니…….

아무래도 이계인은 아닌 것 같았다. 대희의 눈빛에는 거짓이 없었던 것이다.

"그렇다면 그런 힘은 어디서 나온 거냐?"

"나도 몰라. 태어날 때부터 이랬으니까."

"그럴 리가 없어. 사람이라면 그런 힘을 가지고 있을 리가 없잖아."

김대희의 눈빛이 번뜩인다. 갑자기 상두에게로 빠르게 다가와 멱살을 거머쥐었다.

역시나 인간의 힘으로 낼 수 없는 그런 속도였다.

"만약에 오늘 있었던 일을 발설하면 죽인다."

멱살을 잡은 채 상두를 위협했다. 하지만 상두가 이런 것에 당할 리가 없었다.

상두는 기분이 나쁜지 평소보다 힘을 더 주어 대희의 잡은 멱살을 걷어냈다. 멱살이 손쉽게 풀리자 김대희 역시 꽤나 당황스러워 했다.

"건방지게 굴지 마. 어디서 멱살을 잡는 거냐."

두 사람은 노려보았다. 긴장감이 감돌았다.

"어떻게 풀었지? 나도 꽤나 힘을 주었는데……."

"그런 힘이 너만 가지고 있을 줄 알았냐? 거참 어이없는 놈일세."

상두는 그를 도발했다. 하지만 이내 고개를 절레 흔들었다.

"아……. 내가 뭐하는 거지."

고등학생과 신경전을 하는 상두의 영혼은 40년 가까이 살아온 카논이 아닌가.

상두는 속으로 웃음이 나왔다. 그는 지금의 생활에 너무도 몰입한 것이었다.

"이런 힘이 있다는 것은 비밀로 하겠다. 하지만 학교에서 문제를 일으키지 마라. 괜한 힘자랑했다가는 넌 나한테 죽는다."

상두의 위협에 그는 웃음을 보이며 고개를 끄덕였다.

"나도 학교에서 문제를 일으키고 싶지 않아. 이 힘 때문에 미국에서도 도망치듯 한국으로 돌아온 거니까. 이번 학교에서는 나를 괴롭힐 사람도 없는 것 같고 조용히 살고 싶다."

"믿겠다."

대희는 상두에게 고개를 끄덕이고 집으로 돌아가려는 듯 뒤돌아 걸어갔다.

"재밌는 놈인데?"

그와 이야기를 더 나누고 싶었지만 그만두었다.

같은 학교 같은 반인데 무슨 걱정인가. 천천히 알아 가면 그만이다.

그렇게 상두는 대희에게 흥미가 생겼다. 멀어지는 대희의 모습을 바라보며 알 수 없는 미소를 보였다.

                    *   *   *

　상두는 늦은 밤부터 운동을 준비했다.

　다음 날이 일요일이다 보니 밤에 이렇게 시간을 낼 수가 있었다.

　그는 신평의 집부터 구평의 학교까지의 거리를 구보할 예정이다.

　사실 그의 육체는 그동안 제대로 완성이 되었다.

　울룩불룩한 근육은 아니었고 격투에 최적화된 잔근육들로 이뤄져 있었다.

　게다가 몸속에서 흐르는 에너지 덕분에 딱히 운동을 하지 않아도 육체가 무뎌지거나 하지는 않는다.

　이런 운동을 할 필요가 없는 것이다.

　지금 운동의 목적은 육체의 단련보다는 상두가 등교하는 루트에 있는 불량배들의 척결인 것이었다.

　하지만 이동하는 내내 불량배들은 보이지 않았다. 쉬는 날이면 언제나 이 루트를 돌아보고 있어서인지 사실 이 지역에는 불량배들이 얼씬도 하지 않는다.

　그들도 사람이기에 상두에 대한 소문을 듣고는 겁을 내고 꼬리를 내린 것이다.

조직적으로 움직이는 조폭들과는 달리 양아치들은 그들을 쓸어버릴 자가 나타나면 꼬리를 접는다.

상두는 심심하게(?) 학교 주변까지 도착할 수가 있었다.

그가 가장 신경을 쓰며 돌아보는 곳이 바로 이 학교 주변이다.

상두가 다니는 학교만이라도 폭력에서 깨끗한 곳으로 만들기 위해서였다.

"가끔 양아치라도 보이면 얼마나 좋아."

상두는 입맛을 다시며 시계를 보았다.

이제 새벽 2시.

사방이 삭막했다. 스산한 기운도 감돌고 있었다.

가끔 지나다니는 자동차들이라도 보이지 않았더라면 유령도시라고 느껴질 정도로 을씨년스러웠다.

"조금만 살펴보고 돌아갈까?"

하지만 아무런 결과(?) 없이 돌아갈 수는 없었다.

학교 주변을 매의 눈으로 바라보던 상두는 이제 아파트 단지를 향했다.

새벽에 그곳에서 모여 술을 마시는 불량한 학생들이나 양아치들이 꽤나 있다. 하지만 아무리 돌아도 오늘은 보이지 않았다.

"심심한데 오늘……."

어떠한 불량배들도 보이지 않다 보니 상두는 오히려 실망한 듯했다. 그는 고개를 어깨를 한번 들썩이고 돌아섰다.

그때 뒤쪽으로 스산한 기운이 느껴진다.

"뭐지……?"

상두는 당황하여 뒤를 돌아보았다.

멍한 눈초리로 걷고 있는 잠옷 차림의 소년이 있었다. 적막한 골목의 소년은 마치 좀비 같았다.

그는 바로 김대희였다.

상두는 무슨 생각이었는지 갑자기 몸을 숨겼다. 불길한 예감을 느낀 탓이었다.

상두가 유심히 살핀 대희의 모습은 정말로 좀비 같았다. 눈은 풀려 있었고 걸음걸이가 그리 정확하지 않았다.

"몽유병인가?"

상두는 그의 뒤를 쫓아갔다.

이제 대희는 맨발로 산을 오르고 있었다. 그런데도 상당히 기민했다.

걸음걸이는 여전히 완전하지 않았지만 속도는 상당했던 것이다. 무엇엔가에 이끌리어 이동하는 것 같았다.

'신기라도 있는 건가?'

어디선가 들은 기억이 있다, 신내림의 기운이 있는 자들이 저렇게 밤에 미친 듯이 산으로 오른다는 이야기를. 그리고 땅을 파내어 신물을 꺼낸다고 한다.

산을 오르던 대희는 갑자기 땅을 파기 시작했다. 맨손으로도 땅을 잘만 파고 있었다.

"역시 신기가 있는 건가……."

상두는 계속해서 그를 흥미롭게 바라보았다.

대희는 무언가를 땅속에서 꺼냈다. 그것은 무당의 신물은 아니었다.

놀라울 정도로 영롱하게 반짝이는 결정이었다. 너무도 반짝여서 이세상의 물건이 아닌 것 같은 그런 것이었다.

"아니!!"

상두는 기겁했다.

그 결정에서 흘러나오는 기운은 범상치가 않았다.

범상치 않은 정도가 아니라 이것은 마계의 기운이었다!

그것뿐만이 아니라 상두에게는 익숙한 기운, 그것은 바로 마계의 주인 카이데아스의 기운이었다!

상두가 놀란 사이에 대희는 그 결정을 삼켰다.

그러자 대희의 몸에서 붉은 기운이 이글거리기 시작했다. 상두는 머리가 쭈뼛 서는 서늘함이 몸을 훑었다.

"크으으으윽……!"

대희는 고통스러운지 몸을 웅크리며 부들부들 떨었다. 하지만 이내 다시 정신을 되찾은 듯 하늘을 올려다보았다.

"후아……. 기분이 좋은데……. 상쾌하고 또 기분이 좋아. 그런데… 나는 누구지?"

분위기가 달라졌다. 모습은 그대로였는데 풍겨지는 기운은 소년의 모습이 아니었다. 아니, 이것은 인간의 기운이 아니었다.

대희는 스트레칭을 몇 번 하더니 상두가 숨어 있는 나무쪽을 돌아보았다.

"거기 있는 거 누구야? 모습을 드러내라."

그는 상두가 이곳에 있다는 사실을 눈치채고 있었다!

CHAPTER **09**
돌아오다? (2)

"거기 있는 거 누구야? 모습을 드러내라⋯⋯."

대회의 읊조림.

긴장감이 감돈다.

긴장감과 함께 상두는 잠시 고민했다. 이대로 도망가는 것
이 좋을지 아니면 당당히 모습을 드러내는 것이 좋을지.

"그래, 나다."

상두는 당당히 모습을 드러냈다.

대회에게서 풍겨지는 기운이 압박감이 있기는 하지만 그
래도 위험한 것 같지는 않았다.

위험하다고 해도 대회를 막아낼 수 있는 힘 정도는 상두에
게도 있었다. 그래도 상두는 긴장의 끈을 놓지 않았다.

"카이데아스냐?"

상두의 물음에 그는 그를 물끄러미 바라보았다. 한참 대답
이 없던 대회는 조용히 입을 열었다.

"카이데아스가 누구지?"

"무슨 장난질이냐!"

"장난……? 카이데아스는 누구지……? 아니… 나는 누구
지?"

상두는 그의 아리송한 물음에 인상을 찌푸렸다.

"여전히 장난질이냐! 이제 이곳까지 정복하려 온 거난 말
이다!!"

"정복… 이라……. 그런 것을 원하는 것 같기도 하
고……."

정복이라는 말이 카이데아스, 아니 대회에게서 흘러나오
자 상두는 이성을 잃은 듯 그를 향해 달려들었다.

하지만 대회는 그의 폭풍 같은 모든 공격을 피하거나 막고
있었다.

그럴 때마다 후폭풍이 일어 사방의 나무가 흩날렸다.

아무것도 기억나지 않는 사람의 움직임이라고 볼 수 없을
정도로 기민했다.

상두는 온 힘을 쏟았다.

하지만 대륙에 있을 때보다 힘이 상당히 줄어 있었다.

그런데도 카이데아스는 그리 강력한 힘을 발휘하지 못하고 있었다. 상두와 비슷한 정도의 힘이었다.

더 이상 방어만 할 수 없었던 카이데아스는 그에게 공격을 가했다.

그렇게 시작된 공방전!

사방으로 후폭풍으로 나무들이 부서졌다. 흙먼지가 사방으로 날리며 땅이 파였다.

순식간에 상두와 대희의 온몸이 피투성이 흙투성이가 되었다.

격렬하지만 두 사람의 실력이 비슷하니 지지부분한 공방전만 이어졌다.

그렇게 양측 지루한 공방전은 잠시 소강상태가 되었다.

"헉… 헉……."

"헉… 헉……."

두 사람은 서로를 노려보며 미친 듯이 숨을 헐떡거렸다.

마치 대륙에서의 싸움이 생각나듯 처절했다.

카이데아스의 입장에서는 이런 진흙탕 같은 싸움은 사실 처음이었다.

하지만 즐거운 듯 이상하게 즐거운 듯 웃고 있었다.

"너나 나나 왜 이렇게 강한 거지?"

카이데아스가 상두를 향해 읊조렸다. 상두는 대회를 의아한 듯 바라보았다.

그는 정말로 지금까지의 기억이 없는 것 같았다.

"그걸 진짜 몰라서 묻는 거냐?"

상두의 물음에 그는 고개를 끄덕였다.

"난 내가 정말 누군지 모르겠다. 그저 이 세상을 정복하고 싶은 마음만 있을 뿐이다."

상두는 대회를 바라보며 인상을 찌푸렸다.

기억이 나지 않는다고 해도 정복 야욕은 사라지지 않았다. 그것은 마족의 삶의 의미이기 때문이다.

"넌 분명히 카이데아스인데……."

분명히 대회에게서 흘러나오는 기운은 카이데아스의 것이었다. 상두가 기운을 잘못 읽었을 리가 없었다.

"아… 모르겠다……. 모르겠어."

그는 털썩 주저앉았다. 그리고 얼굴에 묻은 피와 흙을 닦아냈다.

"집에 가면 어머니한테 혼나겠다."

아무렇지 않게 경계를 풀고 주저앉은 상두를 대회는 의아하게 바라보았다.

"너를 공격할 수도 있는데 왜 주저앉는 거지?"

"아, 몰라……. 힘들어 죽겠구만."

상두의 말에 카이데아스, 아니 대희도 히죽 웃으며 주저앉았다. 그리고 경계를 풀었다.

두 사람은 모두 온 힘을 쏟아내서 싸웠다. 더 이상은 서로에게 주먹을 날릴 수 없었다.

"너와는 오랫동안 알고 지낸 사이 같은 느낌이다."

대희가 읊조렸다. 상두는 콧방귀를 뀌며 말을 이었다.

"오랫동안 알고 지내기는 했지."

"그런가. 그런데 너와 대결하고 싶은 생각도 든다."

"그래, 오랫동안 우리는 싸워 왔으니까."

상두는 자리에서 털고 일어났다. 이제 어느 정도 집으로 돌아갈 수 있을 정도의 힘은 회복한 것이다.

"또다시 싸울 테냐?"

대희의 물음에 상두는 고개를 절레 흔들었다.

"그럴 힘은 이제 없어."

그렇게 말하고 대희를 노려보았다.

"너 내일부터 학교에 나오지 마라."

"무슨 소리냐."

"세상을 정복하고 싶고 나와 싸우고 싶다고 하지 않았나? 그런데 같은 학교에서 같은 반에서 생활할 수 있겠어?"

카이데아스, 아니 대희는 상두를 물끄러미 바라보았다. 하지만 상두는 그를 두고 산을 내려왔다.

"제길……."

카이데아스가 이 세상에 부활했다.

아직 자신의 존재에 대해서 제대로 파악하고 있지 못하고 있다.

대륙에 있을 때보다 그 힘이 상당 부분 줄어 있었다.

하나 그는 마신이었던 자다. 위험한 존재란 사실은 변하지 않는다.

"괜히 학교에 나오지 말라고 했나?"

상두는 자신이 실수를 했음을 깨달았다.

위험한 존재이기에 옆에 두고 봐야 하지 않는가?

기억이 온전치 않다면 그를 옆에서 지켜보고 있는 것이 훨씬 더 안전할 것이다.

"이러고 있을 때가 아니다."

상두는 다시 대회를 찾기 위해 산을 되짚어 허겁지겁 올라갔다.

"제길……."

하지만 이미 그 자리에 대회는 없었다. 이미 어디론가 사라진 것이다.

"아, 큰일인데……."

흔적을 살폈지만 그것 또한 보이지 않았다.

"이 바보 같은 놈!"

자신의 실책에 상두는 머리를 쥐어박으며 스스로 질책했다.

대회를 그대로 내버려두는 것은 시한폭탄이 돌아다니는 것과 같다.

그것을 풀어 놓은 격이 되었으니 상두는 아찔했다.

상두는 눈을 감고 정신을 집중했다.

"흠……."

카이데아스의 기운을 느끼기 위해서였다. 하지만 그의 기운은 느낄 수가 없었다. 그는 기운을 최대한 죽이고 이동하는 것 같았다.

"아… 이래서는 어쩔 수가 없잖아."

상두는 불안했다.

하지만 이미 벌어진 상황을 어찌하겠는가.

일단 상두는 집으로 돌아가기로 했다. 무작정 이곳에 있을 수는 없지 않은가.

월요일.

학교에 등교한 상두는 자꾸만 대회의 자리를 살폈다.

아직까지 그는 등교하지 않고 있었다.

더욱더 불안해졌다. 학교로 돌아오지 말라는 상두의 말을 곧이곧대로 따르면 큰일이다.

하지만 이윽고 대희는 등교했다.

융통성이 아주 없는 자는 아니었던 것이다.

"모두 안녕."

그는 언제나처럼 여학생들에게 손을 흔들며 인사하며 눈
웃음을 작렬했다.

상두는 그를 유심히 바라보았다.

대희는 의도적으로 상두의 눈길을 피하는 것 같았다. 지난
밤의 일을 기억하는 것 같았다.

하지만 대희에게서 아무런 변화된 점을 찾을 수가 없었다.

상두는 수업 시간 내내 수업도 듣지 않고 대희를 바라보았
는데도 카이데아스의 기운을 느낄 수가 없었다.

하는 행동도 그저 대희였다. 마치 어젯밤의 일들이 모두 꿈
인 것처럼 느껴질 정도였다.

어느덧 점심시간이 되었다.

급식을 먹는 둥 마는 둥 모두 마친 상두는 대희를 찾았다.
대희는 교실에서 이어폰을 꽂은 채 음악을 듣고 있었다.

"야, 김대희. 나 좀 보자."

상두는 대희를 불렀다. 대희는 이어폰을 뽑고 그를 바라보
았다.

"무슨 일이야?"

"나하고 이야기 좀 해."

하지만 대희는 고개를 절레 흔들었다.

"내가 너하고 볼일이 뭐지?"

그는 다시 이어폰을 귀에 꽂고 눈을 감고 음악을 들었다.

상두는 그의 멱살을 거머쥐었다.

"따라 나오려면 나오라고!"

그는 김대희를 질질 끌듯이 끌고 나갔다.

"이거 놓으라고! 내 발로 따라가면 되잖아!"

대희는 멱살을 걷어내고 상두에게 외쳤다. 상두는 고개를 끄덕였다.

"그럼 잔말 말고 따라와."

두 사람이 향한 곳은 학교 건물 뒤쪽의 폐기 자재를 쌓아 놓는 곳이었다. 그곳에 도착하자마자 상두는 대희를 벽에 거칠게 밀어붙였다.

"내가 학교에 나오지 말라고 그랬지?

상두는 멱살을 거머쥐었다. 하지만 대희는 여유로운 웃음을 보였다. 전혀 주눅 들지 않았다.

"내가 왜 네 말대로 해야 되는 거지?"

"역시 지난밤 일을 모두 기억하고 있는가 보군."

김대희는 고개를 끄덕였다.

"도대체 넌 뭐냐?"

"나도 날 모른다."

역시나 똑같은 대답이었다.

"그런다고 끝날 문제가 아니야."

대희는 한숨을 내쉬었다.

"내가 기억나는 것은 어디선가 눈을 떴다는 거다. 그곳은 미국의 한 광야였지. 그때부터 미친 듯이 무언가를 찾기 시작했다. 그것은 어떠한 결정이었지. 그러기를 3년. 나는 양부모님이 생겼고 나머지 결정을 찾기 위해 한국까지 왔다. 그것이 내가 알고 있는 전부야."

상두는 이해가 되지 않았다.

카이데아스는 분명히 그때 소멸된 것이다. 마지막까지 확인한 것은 바로 상두였다.

하지만 그때 소멸된 것이 아니라 이곳으로 공간전이가 되었다는 것인가? 그 폭발에서 그럴 틈이 있었단 말인가?

"그리고 또 한 가지 기억나는 것이 있었다. 그것은 바로 카논이라는 이름, 그리고 그 이름을 가진 자와 미치도록 대결하고 싶었다. 결론을 내고 싶다는 것에 가까운 느낌이었다. 어젯밤 그것이 기억나고 확실해졌다. 그것이 바로 너라는 것을……. 네가 카논이냐?"

대희의 물음에 상두는 고개를 끄덕였다.

"그래, 내가 카논이다."

그의 대답에 대회의 눈빛이 달라졌다. 그것은 굉장한 적의였다.

"여기서 한바탕 벌려보자는 거냐?"

상두 역시 적의를 내뿜고 자세를 잡았다. 하지만 이내 대회가 적의를 거두었다.

"이곳에서 우리가 격돌하면 큰 사고가 일어날 수도 있겠지. 그만두는 게 좋겠다."

대회의 말에 상두 역시 적의를 거두었다.

"나는 교실로 돌아가겠다."

상두는 고개를 끄덕였다.

그가 모퉁이를 돌고 모습이 사라지자 상두는 깊은 숨을 내쉬었다.

"후우……. 아무리 힘이 줄었다고 해도 마신은 마신이군."

상두는 고개를 절레 흔들었다.

"생각보다 이성적이군. 그렇게 크게 걱정할 것은 아니었어."

그는 약간의 마음의 안심을 했다. 완전히 미쳐 버린 존재로 부활한 것은 아니었다.

다음 날.

대회는 학교에 나오지 않았다.

"야, 그 자식 안 보이는데?"

김동준이 다가와 상두에게 읊조렸다. 상두는 고개를 끄덕였다.

등교 시간이 모두 끝나고 아침 조회가 되어도 그는 보이지 않았다.

'흠……. 뭐지……? 왜 나오지 않는 거지?'

상두는 대희가 보이지 않아 불안하기 시작했다.

"오늘은 슬픈 소식 하나를 전한다. 우리와 잠깐이지만 함께 공부했던 대희가 다시 미국으로 돌아간다고 한다. 이미 비행기를 타고 있을 것 같구나. 작별 인사를 하지 못해서 미안하다고 전해 달라고 했다."

담임의 말에 상두는 눈을 크게 떴다. 결국 대희는 떠나 버리고 만 것이다.

아무래도 그가 이곳에 온 목적은 결정이었던 것이다.

결정을 얻었으니 이제 이곳에 있을 이유는 없었다.

'괜찮을까?'

상두는 턱을 괴고 생각에 빠졌다.

아무리 이성적이라고는 해도 대희는 카이데아스의 부활이다.

분명히 문제를 일으킬 것이다.

그것을 미연에 방지하기 위해서는 그가 옆에 있는 것이 가장 좋았다.

하지만 대희는 이미 한국을 떠났다.

더 이상 고민해 봤자 상두의 머리만 아플 뿐이다. 문제가 생긴다면 그때 상두가 어떻게든 해결할 수 있을 것이다.

*　　　*　　　*

어느덧 겨울이 되었다.

1년 반 정도의 시간이 흐른 것이다. 때는 수능철.

상두도 물론 수능을 보았다. 예전에 한 번 본 시험이다 보니 마치 재수를 치르는 느낌이었다.

그는 미친 듯이 공부했다. 공부를 하고 또 했다.

예전에 공부했던 것보다 훨씬 더 파고들었다. 덕분에 상두는 수능을 좋은 기분으로 마칠 수가 있었다.

수능이 끝난 이후 맥도날드에 모인 상두와 동준, 그리고 수미.

동준과 수미는 상두가 원래 겪었던 역사(?)와는 다르게 연인 사이가 되었다.

상두가 다리를 놓아준 격이 되었다.

아무래도 수미에게는 상두 그보다는 동준이 더 잘 맞았던 것 같다.

동준은 생각보다 부드러웠고 수미에게 거의 공처가(?) 노릇을 하고 있었다. 두 사람이 행복한 것 같아서 상두 역시 기분이 좋았다.

세 사람은 열심히 답을 맞춰 보고 있었다.

답을 다 채점한 상두의 입가에는 웃음이 가득했다.

"아, 모의고사처럼 나온 건가?"

동준은 그리 좋은 표정을 짓지 않았다. 그러자 수민이 인상을 찌푸리며 동준을 바라보았다.

"그럼 꽤 좋은 성적이잖아?"

"그러는 너는?"

동준의 되물음에 그녀는 배시시 웃음을 보였다.

"나도 거의 비슷해."

그렇게 이야기를 나두던 두 사람은 기분 좋은 웃음을 보이는 상두를 바라보았다.

"너는?"

"몇 점?"

두 사람은 만담 콤비처럼 척척 맞게 상두에게 질문했다. 상두는 뜸을 들였다.

"야 임마. 뜸들이 말고 말해. 몇점이야, 너."

"나?"

"이 자식이!!"

동준은 상두를 보고 무서운 인상을 보였다. 하지만 그것은 상두에 웃겨 보였다.

상두의 눈에는 그저 아주 귀여운 조카 내지 동생으로 느껴졌다.

"만점."

상두가 짧게 대답하자 두 사람은 눈을 크게 떴다.

"이 나쁜 놈!"

동준은 그의 목에 헤드락을 걸었고 수민은 상두의 머리를 계속 톡톡 때렸다.

모든 이들의 시선이 세 사람에게 향했다. 부끄러웠던 두 사람은 상두를 괴롭히는 것을 그만두었다.

"그래, 넌 어디 갈 거야?"

"서울대."

동준의 물음에 그는 짧게 대답했다.

예전에는 다른 대학교를 갔었지만 이번에는 대한민국 최고의 대학교도 한 번 경험해 보고 싶었던 것이다.

"그래, 너 정도 성적이면 되겠지. 나는 일단 고대를 갈까 싶기도 하고……."

그렇게 세 사람은 대학에 관한 이야기를 열심히 나누었다. 이제 고3을 벗어났다는 것이 실감이 되는 세 사람이었다.

"이제 공부 이야기는 잠시 잊고 오늘은 열심히 놀자!"

동준이 두 사람을 일으켜 세웠다. 머리 아픈 이야기는 이제 그만두기로 했다.

"가자! 거리로!"

동준은 두 사람을 이끌고 다시 거리로 나갔다.

세 사람은 다른 수험생들과 마찬가지로 시내를 활보했다.

수험생들의 얼굴에는 웃음이 감돌았다. 수능을 잘 보았든 못 보았든 간에 모두의 얼굴에는 웃음꽃이 피었다.

오늘은 그들의 해방기념일이나 마찬가지였다.

그렇게 좁은 구미 시내지만 오늘만은 넓어 보였고 너무도 즐거웠다.

그렇게 이리저리 다니며 재밌게 즐기고 난 뒤 상두는 문득 우뚝 섰다.

"난 다른 데 가야겠다."

"왜?"

수민이 묻자 상두는 코를 찡긋하며 대답했다.

"두 사람 재미있게 놀아야지?"

"뭐야! 너 배신이다!"

동준이 마음에도 없는 만류를 하자 상두는 고개를 절레 흔들었다.

연인과 함께하고 싶지 군식구가 끼는 것을 좋아하는 사람이 어디 있겠는가.

"이봐 마음에도 없는 말 하지 말라고."

"쳇! 어떻게 알았냐?"

상두의 핵심을 짚어낸 말에 그는 웃음을 보이며 되물었다. 상두는 배시시 웃었다.

"내가 너 하루 이틀 보냐."

상두는 능글맞게 말하고 그의 어깨를 툭툭 치더니 귓속말을 전했다.

"수능 끝났다고 흥분되서 사고 치지 마라."

동준의 얼굴이 붉어졌다.

"뭐, 이 자식이!"

동준은 상두에게 또 헤드락을 걸었다. 하지만 이번에는 호락호락하게 당하지 않은 상두였다. 몸을 날렵하게 움직여 그의 공격(?)을 피한 것이다.

"좋은 시간 보내."

그리고 두 사람에게 손을 흔들어 인사했다. 그는 두 사람에 웃음 지어주고 뒤로하고 걸었다.

그는 정처없이 걸었다.

사람들이 웃고 즐기는 모습이 보기가 좋았다.

물론 문제가 없는 세상은 아니지만 그래도 노력하면 성공하는 세상이 아닌가.

상두 역시도 무척이나 노력했다.

노력한 만큼의 결실을 수능 만점이라는 결과로 얻어냈다. 이번에는 자신의 힘으로 해낸 결과이다.

상두는 무척이나 뿌듯했다. 무슨 일이든 자신의 손으로 해낸 것은 기쁘지 않을 수 없다.

그렇게 즐거워하는 상두의 인상 한편이 그리 좋지가 않았다.

조금 전부터 계속해서 그를 미행하는 느낌을 지울 수가 없었던 것이다.

수능 시험장을 빠져나온 그 이후부터 계속 따라붙는 그림자가 분명히 있었다.

"이 기운은……."

게다가 느껴지는 기운은 이 세계의 것이 아니었다. 이것은 대륙의 기운이다.

상두는 일부러 시간을 끌어 천천히 이동했다. 미행하는 자가 지칠 때까지 기다리는 것이었다.

'도대체 누구지……?'

상두는 상념에 빠졌다. 대륙에서 사람을 보냈으니 분명 대륙에 무슨 문제가 생겼을 것이다.

그렇지 않고서는 그에게 나타나지 않을 것이다. 하지만 그렇다고 해서 대륙으로 돌아가지 않을 것이다.

이제 대륙의 지휘부들도 상두 없이 일을 해결해야 한다. 언제까지 그의 손을 빌릴 수는 없는 것이다.

그렇게 한참을 걷던 상두는 그의 달동네까지 걸어왔다. 미행의 속도가 느려진 것을 느낄 수가 있었다.

아무리 강한 대륙의 사람이라고는 해도 이렇게 이끌고 다녔으니 힘이 들지 않을 수 없었다.

"이제 정체를 드러내라."

상두는 그렇게 말하고 뒤를 돌아보았다.

"아니!"

상두는 놀라고 말았다.

"아르페지오……."

그의 눈앞에 서 있는 것은 바로 아르페지오였던 것이다.

"네가… 왜?"

상두는 눈을 비볐다. 도무지 믿기지 않는 것이었다.

사실 그도 아르페지오에게 아무런 말도 없이 돌아와서 내심 마음에 걸린 것이 사실이었다. 그래서인지 이것은 마치 꿈처럼 느껴졌다.

"뭐지? 나를 다시 대륙으로 데려가기 위해서 온 건가?"

하지만 상두는 그녀를 차갑게 대했다. 분명히 이곳에 온 것은 그를 데리고 가기 위해서일 것이다.

"그럼 왜 온 거지? 그것이 아니면 나를 다시 찾을 이유가 없을 텐데."

"왜 그렇게 차가운 거죠?"

아르페지오가 울먹이며 다시 말을 이었다.

상두는 그녀가 울먹이자 잠시 머뭇거렸다. 그녀를 울릴 의도는 없었던 것이다.

"대륙에 있을 때에는 그렇게 차갑지 않았잖아요."

"나를 다시 대륙으로 데려갈까 봐 방어적이야. 미안."

"아니요, 아니에요. 당신을 데리러 온 것이 아니에요. 당신을 찾으러 온 거예요. 당신을 찾기 위해 말이에요! 그런데 어쩜 나한테 그럴 수 있어요!"

그녀는 눈물이 멈추지 않는 듯 계속해서 눈물을 소매로 닦아내고 있었다.

상두는 그녀를 바라보았다.

"어떻게 온 거야?"

"당신이 떠나던 그 자리에 매일같이 갔어요. 그리고 당신을 다시 보고 싶다고 계속 염원했더니 게이트가 열리더라구요. 그래서… 당신을 보기 위해……!"

상두가 그녀를 안았다.

"그만. 이제 말하지 않아도 돼. 당신이 얼마나 힘들었는지 알 것 같으니까."

상두는 그렇게 그녀의 머리를 쓰다듬어 주었다.

"말도 안 하고 도망치듯 가서 미안해……."

부드러운 목소리.

그의 부드러운 목소리에 그녀는 눈을 감고 읊조렸다.

"미워요, 나쁜 사람……."

두 사람은 그렇게 포옹하다 입 맞췄다.

밤하늘에 별이 빛난다.

아름다운 별빛은 두 사람을 내려 비추었다. 그렇게 시간은 흘러갈 것이다.

상두는 그렇게 다시 열심히 살아갈 것이다. 대륙의 영웅 카논이 아닌 이곳의 영웅 상두가 될 것이다.

에필로그

가로등이 켜진 도로를 검은 세단이 유유히 움직인다.

중후한 울림의 세단만큼이나 중후한 인물이 뒷좌석에 앉아 있었다.

그는 이제 마흔에 가까운 모습이었다. 하지만 나이에 맞지 않게 더 관록이 있어 보였다. 육칠십대 노인에게서나 느껴지는 그런 관록이 보이는 것이다.

그는 바로 박상두였다.

숱한 고초와 여러 가지 일들을 겪었다. 그럴 때마다 그는 더욱더 강하게 밀어붙였다.

덕분에 이제는 굉장한 힘, '권력'을 얻어냈다.

그 힘은 예전처럼 이성만의 도움을 받은 것이 아니었다.

그의 도움이 없이 자신의 손으로 이뤄낸 것이다. 그만큼 더 값진 것이었다.

사실 처음에는 이성만의 도움을 받으려 그의 휘하로 들어갔었다.

하지만 그의 후계가 다른 이로 결정된 이후에는 그의 곁에서 떠났다.

피 말리는 후계 경쟁을 벌이는 것보다는 차라리 자신의 길을 개척하는 바가 더 편하다고 생각한 것이다.

상두는 누구의 도움을 받을 수 없기에 배로 노력했다.

아니, 미친 듯이 노력했다. 덕분에 이성만 패밀리를 위협할 만큼의 힘을 얻을 수가 있었다.

그는 이미 정치에 막대한 영향을 끼치는 자금력과 인력을 지니고 있는 사람이 되었다.

그것도 집권여당에 상두의 영향력이 있는 어떻게 보면 이성만보다 더 실속있는 위치일 뿐만이 아니라 이제는 거의 동등한 위치에 있다고 자부할 수 있을 만큼 성장한 것이다.

그는 물끄러미 차창 밖을 내다보았다.

그는 내다보는 것은 바쁘게 걸어가는 사람들, 빠르게 움직이는 차들이었다.

"회장님, 자주 밖을 내다보시면서 즐거워하시는데 뭐 재밌는 것이 있는 겁니까?"

기사가 궁금해 상두에게 물었다. 상두는 고개를 끄덕이며 입을 열었다.

"물론이지."

"뭡니까?"

"사람들 지나다니는 것, 차가 지나다는 것."

"그게 그렇게 재밌습니까?"

"그렇지……. 영화 한 편 보는 것보다 훨씬 더 재밌다네."

상두는 그렇게 묵묵히 다시 창밖을 바라보았다.

"회장님, 다 왔습니다."

어느덧 약속된 장소에 도착할 수가 있었다.

그곳은 최고급 한정식집이었다.

상두가 귀한 손님을 맞을 때에만 이용하는 곳 중 하나였다. 오늘 만날 손님 역시 귀했다.

그는 바로 이성만 패밀리의 후계자로 지목되어 지금 막강한 권력을 휘두르는 인물이었다.

그 존재는 밖으로는 절대 비밀로 부치고 있어서 패밀리가 아니고서는 누군지 알 수 없는 인물이었다.

게다가 후계로 지목되었을 때에도 무명이었던 자였다.

상두가 들어서자 그를 알아본 종업원이 인사를 했다.

"안녕하십니까, 회장님."

"그래, 사장님은 무고하시고?"

"네, 자리로 안내해 드리겠습니다."

종업원은 상두를 정중하게 자리로 안내했다.

종업원이 안내한 곳은 식당의 귀빈실이었다.

귀빈실이기는 했지만 사실 상두만을 위한 장소라 할 수 있는 곳이다.

상두는 자리를 잡고 앉았다.

그리고 생각에 잠겼다.

'그자는 어떤 사람일까?'

이성만 패밀리를 이끄는 그 사람은 굉장히 수완이 좋은 사람이었다.

사실 그가 이성만의 사업을 완전히 이을 당시에는 그 사업이 굉장히 기울어 있었다. 그런 상황에서 그는 강력한 리더쉽을 발휘해 일으켜 세웠다.

한간에서는 상두보다 더 뛰어난 인물이라는 평가까지 있었다.

그런 그에게 라이벌 의식이 있었던 상두는 더욱더 열심히 노력해 이 자리에 올 수 있었다.

'어쩌면 그는 나의 은인일 수도 있겠구만.'

그는 그렇게 차를 한잔 들이켰다.

똑똑 하는 노크 소리가 들려왔다.

"들어와요."

그의 허락이 떨어지자 문이 열리고 종업원이 웃음을 띠고 안으로 들어왔다.

"손님이 도착하셨습니다."

그는 뒤쪽의 손님을 안으로 안내했다. 손님이 들어오자 상두의 얼굴에는 놀라움이 가득했다.

"카이데아스!'

종업원이 밖으로 나가자 상두는 그렇게 읊조렸다.

그는 바로 카이데아스 아니, 김대희였다.

"아직도 나를 그렇게 부르는 건가."

그는 자리에 앉았다.

"이렇게 자리를 만들라고 해서 얼마나 배짱이 두둑한 사람인가 했더니……. 자네일 줄이야……."

"후훗,. 흔쾌히 이 자리를 마련한 자네의 도량도 알 만하군……."

두 사람은 그렇게 노려보았다.

"세상을 정복하려고 한다더니 왜 한국에 돌아온 거지?"

상두가 먼저 입을 열었다.

"세상을 정복하려면 필연적으로 자네와 맞붙어야 된다는 느낌이 오더군. 그래서 처음부터 싹을 자르기 위해 자네와 같은 공간에서 겨루고 싶었네."

"그런데 왜 이제야 나에게 모습을 드러낸 거지? 싹을 자르고 싶었다면 후계자로 추대되었을 때 해도 되었을 텐데."

"자네가 얼마만큼 성장할 수 있는지 보고 싶어지더군."

두 사람은 신경전을 벌였다. 하지만 이내 웃음을 보이는 상두였다.

"하하하! 카이데아스! 자네도 많이 변했구만!"

"후후……. 나는 카이데아스가 아니야. 인간 김대희지."

"그래 무너뜨려 주겠다, 김대희."

"얼마든지다, 박상두."

두 사람은 그렇게 서로를 노려보았다. 하지만 그 눈빛에는 무언가 동질감이 느껴지는 것도 사실이었다.

박상두는 이제 많은 것을 이뤘다고 생각했다. 하지만 그것은 그의 오판이었다.

대륙의 영웅 카논.

아니, 인간 박상두는 이제부터 시작인 것이다!

『권왕강림』 완결

이제부터 전자책은

이젠북

www.ezenbook.co.kr

새로운 세계가 열린다!

서현 『조동길』 남운 『개방학사』 백연 『생사결』

목정균 『비뢰도』 좌백 『천마군림』 수담옥 『자객전서』

용대운 『천마부』 설봉 『도검무안』 임준욱 『붉은 해일』

진산 『하분, 용의 나라』 천중화 『그레이트 원』

이름만 들어도 황홀할 정도의 별들의 향연!

이들의 "유료연재"가 시작됩니다!

검색창에 **이젠북** 을 쳐보세요! ▼ 🔍

소드
밀레니엄

FUSION FANTASTIC STORY
유왕 퓨전 판타지 소설

SWORD
MILLENNIUM

세기의 마왕, 9서클 대흑마법사 아이작 네메시스!
그를 막아세운 검의 천재 소드마스터 카르안!
카르안의 희생으로 아이작은 죽음을 맞이하고…

"백년 내내 삽질한 것, 축하한다."
"크하하, 우리 둘 다 죽겠지만… 나는 천 년 뒤에 부활할 것이다!"
"지랄. 맘대로. 어차피 내가 천 년 뒤에 살 것도 아닌데."

그렇게 잠들듯 운명할 카르안이었지만
다시 살아날 줄은 꿈에도 몰랐다.
하필이면 천 년 뒤 문학소년 자하르로서.

「소드밀레니엄」

각성하는 검, 자하르의 길을 주목하라!

Book Publishing CHUNGEORAM

무정철협

월인 新무협 판타지 소설

FANTASTIC ORIENTAL HEROES

「두령」, 「사마쌍협」, 「장홍관일」의 작가 월인
2013년 벽두를 여는 신무협이 온다!

삭초제근(削草制根)!
일단 손을 쓰면 뿌리까지 뽑아버렸다.

무정(無情)!
검을 들면 더 이상 정을 논하지 않았다.

그래서 나는 무정철협이 되었다.

진정한 협(俠)을 아는가!
여기 철혈의 사내 이한성이 있다!

「무정철협」

Book Publishing CHUNGEORAM

ALCHEMIST

알케미스트

FUSION FANTASTIC STORY 시이람 장편 소설

2013년, 또 하나의 현대물이 깨어난다.
현대에서 펼쳐지는 연금마법진의 진수!

인간 최초의 9서클을 이룩한 마법사 아스란.
죽음의 위기에서 그가 남긴 유지가
차원을 넘어 지구에 떨어진다.

일리미트 비블리어시카(Illimite bibliotheca)!

그 무한한 힘과 지식을 얻게 된 김창준.
3년 전으로 돌아간 날을 기점으로,
삶이, 인생이, 그의 희망이 바뀐다!

현대에 강림한 진정한 마법사의 전설!
끝도 없이 세상을 향해 날개를 펼치다!

Book Publishing CHUNGEORAM

유행이 아닌 자유추구 -
WWW.chungeoram.com